『津門三子』與榮園

魏暑临 著

海河西岸记忆丛书

中国人民政治协商会议天津市河西区委员会 编

天津社会科学院出版社

图书在版编目（CIP）数据

“津门三子”与荣园 / 魏暑临著. -- 天津 : 天津社会科学院出版社，2021.1

（海河西岸记忆丛书）

ISBN 978-7-5563-0677-0

Ⅰ. ①津… Ⅱ. ①魏… Ⅲ. ①诗词－诗歌评论－中国－近代 Ⅳ. ①I207.22

中国版本图书馆 CIP 数据核字(2020)第 231044 号

“津门三子”与荣园
“JINMEN SANZI” YU RONGYUAN

出版发行：天津社会科学院出版社
地　　址：天津市南开区迎水道 7 号
邮　　编：300191
电话/传真：（022）23360165（总编室）
（022）23075303（发行科）
网　　址：www.tass-tj.org.cn
印　　刷：北京盛通印刷股份有限公司

开　　本：880×1230　毫米　1/32
印　　张：5.625
字　　数：135 千字
版　　次：2021 年 1 月第 1 版　2021 年 1 月第 1 次印刷
定　　价：58.00 元

《海河西岸记忆丛书》

编委会

序

杨大辛

我与河西区可以说凝结了深厚的乡土情缘。1925年2月我出生于河西区(当时称特一区)三义庄宝德里,此其一;1952年5月我定居河西区(当时称第六区)福建路,从先严至后辈子孙四代人先后在此居住,此其二;1978年6月政府安排我到市政协主持文史资料的编辑出版工作,从而与河西区政协文史资料委员会始终保持协作关系,在我离休后个人依旧与区政协文史委长期往来联系至今,此其三。回顾我这一生虽然历尽坎坷却始终勤奋敬业,得以在编史修志事业方面有所成就,心安理得。我在河西区居留六十余载,可以说这里是我安身立命之“福地”。

河西区政协的文史工作,多年来始终与时俱进,成绩斐然。近日获悉,正在着手汇编《海河西岸记忆丛书》,涉及有关海河西岸的历史变迁、风土民俗、名人逸事等诸多方面史料,工程浩繁,目前正在紧张编写中。未读书稿,何以评说?得悉各册撰稿人如章用秀、张绍祖、金彭育、尹树鹏、罗文华、齐珏、杜仲华、高惠军、魏暑临、罗丹诸君,都是相识多年的老朋友,他们治学严谨,文笔流畅,各自完成精心制作,当可期待耳!

河西区政协李耀进主席嘱为此丛书写篇序言。我虽已挂笔数载，承蒙如此厚爱，情不可却，遂信笔谈了以上几点感知，聊以复命，不成体统，尚祈谅宥为盼。是为序。

2018年8月

前　言

罗文华

津沽丰饶,物华天宝;河西富庶,人杰地灵。乘着党的十八大召开的东风,2013年6月,天津市委、市政府对河西区提出了建设与现代化大都市地位相适应的服务经济体系、建设全市经济社会发展首善之区、为美丽天津建设做出贡献的新要求。建设首善之区,成为河西这个中心城区核心区所面临的机遇与挑战。“首善河西,美丽天津”,成为河西人民的奋斗目标、对美好生活的希望。

首善之区,是指各方面做得最好或文明程度最高的地方,是区域领跑者综合指标的体现。其中,文化先进是一项极为重要的指标。中心城区核心区与其他城区相比,除了经济总量与质量外,还要比文化品位、比文明程度,这也是河西建设首善之区的重要内容。繁荣文化事业、提升公共文化服务水平,是文化强区具体体现。通过新建城市书吧、举办文化惠民系列活动、设立推动文化大发展大繁荣专项资金,不断增加经济社会文化含量,河西文化的影响力、传播力得到显著提升。2020年1月,2020年河西区10项民生实事项目确定,其中列有文化惠民活动，包括新建24小时自动智能借阅（售书）机，还有以“文化365快乐在河西”为主题举办1000场文化惠民活动等。所有这些成就，使得河西在全市人民的心目中不仅是经济强区，同时也是文化强区。

近年来，河西区政协准确把握人民政协的重要地位作用，准确把握人民政协工作的宝贵经验，准确把握新时代人民政协的使命责任，切实履行政协职能，为建设首善之区、打造品质城区升级版献计出力。区政协十分重视首善之区的文化建设，充分发挥文史研究在存史、资政、团结、育人方面的独特作用，努力挖掘、整理、利用河西历史文化资源，将文史和学习工作提升到新的水平，更重要的是让河西人民充分了解家乡变迁和人文发展。继2018年成功编辑出版“海河西岸记忆丛书”第一辑（包括《津沽通衢海大道》《前世今生德租界》《马场道与赛马会》《书坛巨匠吴玉如》《丹青妙手刘奎龄》五册）后，2020年又组织推出“海河西岸记忆丛书”第二辑。丛书的作者，包括天津老、中、青三代文史专家和知名学者，他们都熟悉河西历史文化、对河西有深厚感情，能够结合自己的学术优长，精准选择合适的题材，宣传河西历史，弘扬河西文化，讲好河西故事。

作为“海河西岸记忆丛书”编委会成员，同时也是第二辑的作者之一，为方便读者了解“海河西岸记忆丛书”第二辑的内容，我将这六部书稿逐一简要介绍一下：

《流金溢彩解放路》，作者罗丹、罗文华。海河西岸的解放路已有160年的历史，它是天津建设最早的近代化道路，也是近代各国租界中最重要的道路，更是一部浓缩的天津百年城市发展史。解放路是天津市区最长的南北向主干道，也是河西区域内最长的贯穿南北的通衢大道。解放路上中西交融的建筑珍藏着精彩的历史故事，见证着天津这座商贸都市的光阴轮转。因为解放路上历史风貌建筑大部分现仍存在且完好，所以该书整体脉络便围绕主要建筑从北到南展开。这样的结构和顺序，也便于读者了解从近代到当代的解放路，并由此了解160年来海河西岸乃至整个天津的发展。书末所列“解放路大事年表(1949—2019)”，对新中国成立后解放路的发展脉络介绍较为详细，涉及整体规划、道路建设、设施配备、交通管理等方面，尤其是对解放南路的建设带动河西发展繁荣的情况反映较多，史料具有真实性和权威性。

《文苑风流津河畔》，作者章用秀。津河旧称废墙子河、贺家口引河，因流经佟楼村，也叫佟家楼河，是贯穿河西的一条重要河流。津河两岸分布着东楼、西楼、西南楼、桃园村、佟楼、吴家窑等旧村落。清代以来，河边建起数座文人雅集之所，特别是佟楼至八里台之间的河畔，有多个私家园林崛起。该书首先讲述津河的起源、变化、两岸村落，重点讲述河畔建起的管园、罗园、张学良花园、倪氏花园，城南诗社、须社等在津河的文化活动，以及陶园、跑马场的情况。对新中国成立后河畔文化设施的讲述，凸显津河的文化积淀，说明河流孕育着文明——津河是天津的“文化宝地”。

《哪吒闹海古陈塘》，作者高惠军。河西区域内的陈塘庄早有哪吒闹海的传说，现已被列入非遗项目。该书着重写天津陈塘关哪吒和李靖等相关故事、陈塘庄的哪吒庙，包括历史、现状等，以及陈塘庄的地理位置、上下河圈、与河海的关系、人民生活、生产状况。该书还讲述了历史上哪吒故事的起源、佛教故事中哪吒的原型、各地对哪吒的信仰、全国各地的哪吒故事、将各地的“发生地”和各地的哪吒庙一一列出。对有关哪吒的文艺作品，如现今较为走红的电影《哪吒之魔童降世》等，也有专业的评述。最后讲述了哪吒故事的历史意义，人们特别是陈塘庄人为什么信仰哪吒，以及河西对这一传统文化的梳理、发掘等情况。该书通过展现河西的历史地理、人文空间、民风民俗、经济文化，表现出人们对美好生活的追求。

《津门三子与荣园》，作者魏暑临。寇梦碧、陈机峰、张牧石在文坛上被称为“津门三子”，他们是近代以来天津三位成就卓著的词人，在诗词界、昆曲界、书画界具有重要地位和突出影响。“津门三子”与河西夙有渊源，尤其与李园(荣园)关系密切。该书以李园为平台，首先叙述李园的历史文化积淀，三人与李园的关系，写出他们与张伯驹等在李园诗词唱和、观赏海棠等雅集活动。其后分别撰写三人小传，最后介绍三人之间的关系，介绍梦碧词社，包括 20 世纪 60 年代三人在海河边打诗钟，以及与张伯驹等人的交集等，通过文化活动反映文人意趣。

《漫画大师冯朋弟》，作者齐珏。冯朋弟久居天津，民国年间曾经工作生活在河西地域。他 1933 年到天津，任音乐、美术教员，后来成为职业漫画工作者。1935 年至 1937 年，他创作了第一个连续漫画人物“马方人”。1937 年至 1943 年，他创作的漫画人物故事《老夫子》《老白薯》《阿摩林》等在京津一带报刊上大量发表。1957 年，朋弟发表了最后的漫画作品《“老白薯”出土》。1983 年，朋弟去世。他一生共发表作品一千二百余件，他创作的漫画《老夫子》等享誉中外。这位在漫画史上具有重要地位的人物，一直没有传记。该书叙述他的人生轨迹、艺术道路，特别是他在天津、在河西的经历，介绍他在《北洋画报》

等天津报刊发表的漫画作品，也提及在他逝世多年后有人窃取他的作品欺世盗名等，说明其作品的魅力和影响。书中配发大量朋弟的漫画作品，图文并茂，引人入胜。

《人民音乐家王莘》，作者杜仲华、王斌。“五星红旗迎风飘扬，胜利的歌声多么响亮。歌唱我们亲爱的祖国，从今走向繁荣富强……”一首《歌唱祖国》，亿万人民高声传唱，深深扎根在每个中国人的心里，它的作者就是王莘。王莘1936年参加革命，1943年加入中国共产党。他生前是天津市音乐家协会名誉主席，中国音协“金钟奖”终身成就奖获得者，创作了多首不朽的乐章。王莘多年工作在河西，曾担任天津人民艺术剧院副院长、天津歌舞剧院院长。该书是王莘的传记，从他出生写起，一直到他逝世，也包括他对后世的影响。书中着重介绍他创作《歌唱祖国》的经过，表现他人生中的闪光点，以及爱情故事等，语言生动，富有传奇色彩。

这六部书稿，既立足于河西，反映地域特点，同时又选取具有较大历史价值和文化价值、在全市乃至全国有一定影响的人物和事件来写，使这套丛书的内容既是“河西的”，又是“天津的”“全国的”。

我们相信，由河西区政协编辑、天津社会科学院出版社出版的“海河西岸记忆丛书”第二辑的出版发行，一定能够进一步彰显河西区的历史文化底蕴，使广大读者通过详细了解家乡的历史文化，激发起爱国爱乡的热情。

2020年10月23日

目 录

引　言

提到园林，世人必先想到江南，因为南方园林不但建筑特色鲜明，环境布局优雅，而且文化氛围浓郁，历史积淀深厚，使人徜徉其间，既可享受水石花木之景，寻访曲径通幽之致，还可赏会匾联诗词之胜，联想历代斯文之雅。但是，有多少人能知道或主动想起，就在天津，有这样一座承载烟沽近代风云，见证三津文人韵事的园林——因其设计布局参照江南理念，故建筑风格融合南北，因其风物佳丽景色宜人，故吸引近代以来多少墨客赋诗题咏，因其有藏书楼庋藏丰赡，故被称为北省之冠，在20世纪上半叶璀璨夺目，又由盛转衰，在中华人民共和国成立后重获新生，并为毛泽东主席唯一亲笔题名的园林——“人民公园”。

天津人民公园位于河西区东北部，东起厦门路，西邻广东路，南自琼州道，北达徽州道，公园总面积14.21公顷，其中水域面积3.3公顷，现为一所以游艺娱乐为主的综合性公园。该园始建于清同治二年（1863），为津门富豪盐商李春城私家别墅，名为“荣园”，又被称为“李家花园”“李园”“李氏园”“李善人花园”等。中华人民共和国成立后，李家后裔将该园献给国家，经人民政府全面规划改造，于 1951 年 7 月 1 日正式开放，更名为“人民公园”。

任何一座具有人文积淀的园林，其人文属性和文化内涵，不仅存在于其建筑的理念、花木的剪裁、匾额楹联等文学艺术作品的点染，更需要学术文本的支持和补充。数十年来，天津各界人士对人民公园进行了全面的考察和研究，特别是在政协河西区委员会的带动和组织下，对李氏家族史、荣园的建筑设计与布局、荣园的历史发展变化过程、荣园的改造、荣园的建筑和园林文化、荣园的文史故事等方面的史料挖掘和学术研究已经臻于系统和完善，使世人在游赏该园美景之时，能明史察艺、探境吟文，在古今的游思中神驰，进而理解该园的人文精神和历史渊源。

2019 年，政协河西区委员会决定开始编纂“海河西岸记忆丛书”第二辑，人民公园的文学文化研究又在其列，这充分体现了政协河西区委员会对人民公园研究的高度重视，也说明人民公园的文化挖掘还存在巨大的空间。丛书执行主编章用秀先生常年致力于天津文史研究，对人民公园进行过全面、深入的考察，且著作成果丰硕，他十分关注从“荣园”到“人民公园”的文学线索，又因曾追随“津门三子”寇梦碧、陈宗枢、张牧石三位先生，对其学术文章亦有深入研究，遂特别敏锐地抓住荣园与“津门三子”的渊源联系，确定了“‘津门三子’与荣园”这一绝佳选题。

将这一选题撰写成书，其实是章用秀先生的夙愿，但因事务繁多、稿约如山，一直未能成文。此次政协河西区委员会将该选题列入丛书，欲以此丰富对人民公园历史文化的研究，而章用秀先生推荐我撰写本书，我因政协河西区委员会和章先生的信任能有幸承担这样一个艰巨而难得的任务而倍增荣幸和感谢。

“津门三子”是20世纪后半期以来天津文坛的杰出代表，成就卓著，四海闻名，他们以共同的对传统文化的执着热爱和各自坚守的文化特长，为现当代天津诗词、楹联、昆曲、书法、篆刻等领域的学术研究和创作以及教育和传播，做出了不朽的功勋，至今为世人铭记和歌颂。针对他们的生平事迹和道德文章，虽然近年来已经有了一定的学术成果，但因为各种原因，关于他们的著作整理、学术研究等方面还存在很大的空白，这也就给当代学人提供了巨大的发挥空间，也提出了学术的使命担当。

多年以来，我对“津门三子”保持着高度的关注。十几年前，我曾从王焕墉先生游，王先生曾师从寇梦碧、张牧石（梦边）二老，并被二老许为“双梦一灯传”，又与梦碧词社、梦碧后社诸贤达交往甚多。我从王先生处得知很多“三子”的故事，并因十年前曾为王先生的《崇斋诗存》《知月词》作注，而更细致地了解“三子”及其传人的掌故与传承，使我对“三子”产生极大的向往之情。“三子”中我唯一接触过的是张牧石先生，他那温柔敦厚、穆如清风的形象至今铭记我心。十几年来，在与“三子”弟子和后人的接触往来中，我也体会到“三子”的遗风，并愿为其风范流韵的承继和发扬多做贡献。

本书分“荣园：一座诗意的园林”和“‘津门三子’与荣园诗咏”两部分。第一部分先介绍荣园简史，再叙写20世纪40年代以前的荣园诗咏，最后叙写张伯驹先生与荣园的海棠诗缘，并以张伯驹的荣园海棠题咏为过渡，引出第二部分中对“津门三子”的述评。第二部分先为寇、陈、张三位先生分别作小传，然后写梦碧词社诗人群的雅集联句和诗钟创作，最后以其荣园海棠诗咏为结尾，收束全书。

这样安排全书的结构，是想表明本书的两个写作目的，一是写出荣园诗史，二是为“津门三子”作简要的评传。第一，荣园诗史大致可分为两个时期，一个是20世纪40年代以前，旧时文人及清室遗老的游园之作，一个是中华人民共和国成立之后，以张伯驹与“津门三子”等人为代表的诗人群的雅集赏花之作。本书将荣园诗史的线索捋清，旨在为荣园的文学底蕴张本鼓吹，使读者感受到荣园的文化历史和生命力。第二，迄今为止，“津门三子”尚未有成系统的传略问世，本书则分别述评他们的生平发展、艺术成就、社会影响等方面，虽未必能称得上是“传”，也未必能做到对其整个人生彻底完整地描述，但是其主要的事迹与功业已大致写入文中，庶几使读者对“三子”有概括而提要的认识。而“津门三子”的忘年友人张伯驹和荣园的海棠花则成为“三子”和荣园之间的纽带。

一座园林，几位文人，我们把他们的文缘艺史梳理清楚，其实有助于捋清和理解天津文脉，并期望鉴往知来，以文史研究的新视角、新材料，更加系统深入地促进当前和今后的文化建设和发展。如能实现斯愿，则不负前修之奋斗，不负今日之努力，不负未来之期待。我想，这也是政协河西区委员会组织编写整套丛书的初心和愿景，也是章用秀先生和丛书其他同人共同的心志与渴望。

我童年时期因祖母居住在下瓦房西楼后街，地近人民公园，故曾到园内游玩，至今仍保存着二十几年前对公园的记忆。但我当时如何也想象不到会有机缘写这样一本书，我也完全不知道一所公园竟然能有如此丰厚的文史内涵。也正是在本书的撰写过程中,我重新认识了这座熟悉而陌生的园林,我徜徉在对它一百五十七年历史的想象中,仿佛也游历了它盛衰的往事前尘,目睹了那文人游踪的人间冷暖。我以此书的完成,祝福这座文化园林繁茂长盛,文缘不竭,并真诚地期待通过我们共同的努力,让它在文教先进的河西区,在繁荣发展的天津市,为“人”而兴,“荣园”更“荣”。

此书即将付梓之际,得诗二首,并纪心期:

锦绣幽深败与荣,名园往事费经营。
升沉一脉芳心展,甘苦千般好句成。
秋去春来新代旧,雨行云散暖因晴。
岂同草木言诗史,愿为骚人作定评。

风月青天证旧盟,如今雅度几心倾。
幸其怀抱存追忆,有此文章感赤诚。
世相形容常晦默,海棠花色总分明。
沧桑阅历春无尽,再向人间咏太平。

一 荣园：一座诗意的园林

1.岂若闾阎颂善人

——荣园简史

荣园，又名李家花园，兴建于1863年(清同治二年)，是天津现今唯一一座完整保存的私家园林。1930年出版的《天津志略》曾记载：荣园“为津人李善人家之别墅。李氏富而好义，勇于为善，建筑是园聊为游息之所。”“树木葱郁，丘壑幽秀，鸟语花香，颇饶逸趣，又有湖广数顷，植以芦苇，软红尘中得此水木明瑟之地，洵足助人佳兴。”1931年编纂的《天津县新志》卷二十五记载：“荣园为李氏别业，在城南十二里东楼。”1936年出版的《简明天津指南》中说：“荣园，在特别一区，三义庄外，为津人李善人家之别墅，丘壑幽秀，颇饶逸趣也。”其主人李氏，指的是清代咸丰、同治年间著名盐商李春城一族，因“居乡力行善事”“远近称‘善人’”，故荣园又称为“李善人花园”。

李氏是天津名门望族，但源出江苏昆山县(今昆山市)礼贤村，始祖李京琦(字周麟)“闭户著书，不求闻达，教授生徒，发科者甚众”，著有《延古斋诗文稿》，李氏堂号“延古堂”由此而来。其次子李大纶于康熙年间北上访友，至天津未遇，为长芦盐商李某延聘为先生，课子授经。李大纶饱读诗书，善书画、围棋，精通医道，与长芦盐运使为总角之交，为其家属医病痊愈，盐运使以运署差事职务相报答，遂年进千金。其后李大纶随船回乡，中途遇盗，乃返津于城里置业安居，与家乡音讯渐疏。其后，人丁滋盛，至第七世家道日益发达。有李耀奎，咸丰恩科举人，官至福建泉州知府。又有李春城，咸丰元年举孝廉方正，先以州同知用，复叙为通判知州，后又捐纳员外郎，于同治元年铨授刑部四川司员外郎，不久告归回津。李春城长子李士铭，字子香，光绪二年举人，官至户部云南司郎中，后承其父经营盐业，又投资滦州矿务公司等，清末在天津筹备立宪，创设宪政协议会，为会长。次子李士鉁，字嗣香，与士铭同科举人，光绪三年进士，官至翰林院侍读学士、国史馆总纂。又有李士钰，国子监生，官至刑部主事，后经营长芦盐业，长期担任芦纲纲目。又有李士鉴，创办新洋灰公司、耀华玻璃公司、华新纱厂等，曾获北洋政府四等嘉禾章。又有李士锐，毕业于北洋武备学堂，留学日本，后官至北洋陆军中将晋给陆军上将军衔。民国以后，李氏以经商为主。

李家在津最早居住在北门里户部街南，至七世李文照一代始于城东二道街东口冰窖胡同另置房业，堂号“亿善堂”，共八个大四合院，因此被称为“冰窖胡同李善人”，为旧时天津“八大家”之一。李春城继承李文照经营的瑞昌号盐店，为官近十年跻身天津盐商前列。除冰窖胡同外，在天津各地经营房产1200余间。而李家之所以被称为“李善人”，也始于李春城的乐善好施。李春城(1826—1872)，字筑香，被称为“李善人”第一代，他离官居家时创办寄生所、御寒社、义塾等慈善机构，又在东南城角草厂庵开设“李善人粥厂”，专门收容乞丐，其子李士铭承继父志，又创办保生社、救生会、施医局、戒烟所等，捐资修建文昌祠、千福寺等，士铭长子李宝諴组织过中国慈善会、天津慈善事业联合会,担任过天津备济社、积善社、明德慈济会董事。当时清廷或天津士绅赈济之举多推李家出面主持担当。李家兴旺时期,荣园每年端午、中元、中秋各开放一次,任人游览,李家也以“善人”自诩,夸耀乡里,远播美名。

因李氏源自江苏,故荣园修建时布局仿照西湖园林,展现江南庭园风光。整体分阴阳两极,东面为陆地,西面为水域,水域中有一条堤,水中两亭子为“水八卦”的“卦心”,初时园四周有壕堑为界,园围筑有花墙,园内有水心亭、曲虹桥、中和塔、咏诗亭等景致,更有藏经阁,为津门藏书名楼。

藏经阁建成于光绪十二年(1886),建筑面积191.65平方米,全高14.2米,共三层,中层为藏书之地,四周环以外廊,可以尽览园中风光。李家代有藏书,不过直到李士铭、李士鉁方始进入极盛,奠定了延古堂在藏书史上的地位。李家财力雄厚,购书不惜高价,因此书贾趋之若鹜。伦明《辛亥以来藏书纪事诗》曰:“滨海居盐李士鉁,搜书吴越运京津。双江二马传文苑,岂若闾阎颂善人。”高凌雯在《志余随笔》中说:“天津藏书之家,于昔无闻,既有之,亦未必邺架曹仓之比也,李氏荣园所藏薄收精蓄,其所著录有宋元版百余种,明抄本二百余种,收藏之富,为北省之冠。”

荣园藏经阁旧影

荣园建成初期占地270亩,后几经战乱变迁为180亩。最早见于地图的荣园是在1903年出版的《天津地图》上,这是在德国远东派遣军陆军大尉哈斯主持下，用近代测绘技术绘制的关于天津的第一张实测地图，实际上反映的是1900年至1901年的情况，图中可见“李家花园”字样，形状像一个变形的“U”。在1913年的《天津最新详细地图》上，可以看到标示清晰的“李善人花园”的四至，外形已经近似变形的“L”，但地块已很规整。在1917年和1919年的地图上，公园形状像个鞋子，外形仍较为规整。到1925年、1926年和1927年的地图上，荣园形状略有变化，“鞋子”的“帮子”部分变短，外形更近于长方形。到1929年的地图上，虽然外形不太清晰，但“李家花园”几个大字非常醒目。1927年出版的《新天津指南》，将荣园与华北博物院、天津公园、大和公园、曹家花园、英国公园、俄国花园、李公祠和鹿圃蜂场列为天津九所名胜。1933年出版的《日用快览》将荣园与曹家花园、种植园、丽生园、水西庄、水西园、富家庄、巨家庄和问莲浦列为九庄园，与公园区别开来。20世纪30年代中期出版的《简明天津游览指南》“天津之公园”中，将荣园与租界中外国人建立的七座公园(英国公园、法国花园、意国花园、德国花园、日本花园、大和公园、俄国花园)以及中山公园、孙家花园并列为天津十座著名公园。而且从书中所载《最新天津市详细全图》，可清晰辨别出荣园所在位置和大体形状、规模。在几乎同一时期出版的《简明天津指南》中，荣园也被列入天津十一座公园。

荣园的历史几经坎坷，曾饱受水灾及战乱的影响。当年德国人在天津划定租界时，曾连同荣园一起划入其中。义和团运动以后，荣园受到一定的影响。1900年，八国联军入侵后，荣园被德军占据，作为疗养地，一些久医无效的士兵死去后，就近埋在荣园的西北角，后来德国人在这里圈上木栅栏，作为德军墓地，俗称“德国坟地”。1937 年天津沦陷以后，荣园被辟为日伪“新民会”总部。在战争中，荣园变得更加荒凉。

中华人民共和国成立后，李家由李颂臣领衔，十房联署上书申请将六区贺家口、小刘庄、小滑庄、东楼、西楼等处的 1100 余亩土地连同建筑物产权一并捐献国家，其中就包括六区徽州道上的荣园。1950 年 11 月，天津市政府实施接受。

1950 年 10 月，天津市政府园林广场处将 1951 年的主要工作定为修缮人民公园、水上公园和解放南园。1951 年 5 月开始，由振兴公司承担修缮工程，经移土垫地、修整堤岸、平整碾压、开挖湖沼等环节，修缮或拆除旧有建筑 25 处，新建桥梁 2 座、厕所 3 处，安装座椅 200 把，架设铁杆园灯 53 盏，铺设自来水管 1833 尺，垫平园内甬道，布置花坛、花棚、花架等，新栽杨柳、洋槐、紫穗槐、松柏、海棠、丁香、黄梅、白果等各种乔木、灌木 2102 株，平铺草皮 4000 多平方米，增设儿童运动场和动物园，建有鹿囿、狮山、鹤林、猴山、孔雀房等，于 1951 年 7 月 1 日全面竣工，正式对外开放，并正式更名为“人民公园”。1954

毛泽东主席为天津人民公园题写的匾额

年9月,张学良胞弟张学铭任人民公园管理所副主任,到北京欲请中央领导人为人民公园题写园名,其间住在其岳父朱启钤家中。当时中央文史馆馆长章士钊准备参加全国人民代表大会,也住在朱家,张学铭请章士钊转托毛泽东主席题字。9月19日,毛泽东复函并亲笔书写"人民公园"四字。张学铭收到题字十分兴奋,立即返津,制成匾额,悬挂于公园正门上方。"人民公园"是毛泽东为中国公园的唯一题名,十分珍贵。

2.雅称幽人诗意境
——20世纪40年代以前的荣园诗咏

现在可见的最早写于荣园的诗大概是夏曾佑1900年所作《乙亥留滞津门,除夕与愿云同游荣园之作》:"微阳下乔木,冥色满神州。亦复称除夕,萧然独倚楼。北河通渤澥,故垒阅春秋。代谢浑闲事,毋忘秉烛游。"夏曾佑(1863—1924),字遂卿,又作穗卿,号别士、碎佛,光绪十六年进士,曾官礼部主事、泗州知州,充两江总督文案,民国时期一度退居,后曾任国民政府教育部社会教育司司长、北平图书馆馆长,为著名的历史学家,所著《中国古代史》是我国近代尝试用进化论研究中国历史的第一部著作。夏氏还是"诗界革命"的倡导者之一,但是此诗却写得工整古雅,发登楼感怀,颇有沧桑之感。

从此之后,荣园诗咏渐成规模,成为天津近代以来诗词创作的重要园地。荣园的诗词创作大致可分为两个时期,一个时期是中华人民共和国成立以前, 旧时文人及清室遗老游园之作,至20世纪40年代荣园荒废之时则成绝响;一个时期是中华人民共和国成立之后,以张伯驹与"津门三子"寇梦碧、陈宗枢、张牧石等人为代表的诗人群的雅集赏花之作。第一时期的作品,除了像夏曾佑诗这样的零散篇章,荣庆、郑孝胥等人的作品以及须社等文人社团的集会篇章则各具规模，佳作迭出。

鄂卓尔·荣庆（1859—1917），字华卿，号实夫，蒙古正黄旗人，晚清重臣，历任军机大臣、学部大臣、协办大学士，后因壬子兵变避入天津。在津期间，乐访荣园，留下很多吟咏佳什。荣庆于民国二年（1913）二月初七日初访荣园，对园林“水木台榭，颇极清旷”的景致留下深刻印象，二月二十五日又至荣园，饱看花柳，有诗为纪：“名园三百亩，处处见桃花。流水疏枝映，微风嫩柳斜。依松含晓日，绕径看朝霞。艳说仙源好，而今在李家。”“初入秦人洞，偏来范蠡槎。先生原好道，子之宛宜家。流水三生幸，清明二月花。相逢不相语，咫尺若天涯。”三月初三，又与家人步南边虹桥，观水绿杏红，遂渡桥聆管弦于荣园道北的华兴茶园，归家后作诗云：“手拈红杏两三枝，问是谁家小女儿。料得李园春色好，故教消息报人知。”三月初六日晨，又率其子来李园看杏花，初登东亭，望北楼西塔，再至牡丹堂，开窗饱览青松间红杏，又西南至亭上茗话，园丁呼舟来，携之荡入西湖，望白塔土山，松杏环绕，于是赋诗二首：“青松

荣园中和塔旧影（邮戳为 1907 年）

红杏又成图，依旧孤山塔影孤。莫问前朝兴废事，武陵源里有西湖。”“红桨绿波春水船，重三初过艳阳天。杏花杨柳如人意，此会不虚癸丑年。”三月十七日，又携家人游荣园，遍赏四面亭台，见丛花盛开，作七言古诗四十余言抒怀。三月二十二日，又与友人游园，有诗二首：“方塘一鉴水沦漪，开遍丁香柳弹丝。此树海棠今岁晚，半花半萼半红时。”“四看西堤漫烂花，湖光塔影共横斜。玉泉山下吾庐旧，到眼烟波便是家。”四月初五又与亲朋游园，在清风榭合影，并吟诗云：“凌晨好友过门呼，结队寻幽兴不孤。烟景满园芳树绿，风湍鼓棹浪花粗。参差台榭天然画，点缀林峦著色图。更喜瀛洲诸旧雨，共留玉照伴菰蒲。”五月二十日，又游荣园，有五律诗云：“李园花事好，五月已开莲。芳树池边屋，香风雨后天。新红开朵朵，净绿漾田田。回首金鳌路，于今已二年。”八月初九，游荣园秋景，诗云：“策杖林塘气象清，绿荷见老晚花生。秋容烂漫纷无数，慢向园丁细问名。”“池台寂寂柳毵毵，曾记攀条在济南。四照楼前风景似，一泓秋水读书庵。”民国三年(1914)五月二十二日，乘车德租界，看绿荫至荣园，见蜀葵如锦，归家后作诗云：“众绿园中赏绿时，小车稳度路迷离。松荫滴翠低头过，荷叶舒香扑鼻知。田水有声琴筑答，园丁未遇茗烟迟。不碍清凉梦红紫，红紫纷纷放蜀葵。”十一月初五日，又游荣园得诗：“不到荣园又半年，风和日暖仲冬天。一亭一塔晴中画，无酒无花静里缘。扫去繁华恣啸傲，尽凋木叶沏中边。此间情景真荒率，不遇同心莫浪传。”民国五年(1916)三月十一日，与亲朋游园，见桃花烂漫，柳色青葱，流连于西边园亭，又到东边读书楼久赏，有绝句留念：“园亭春晚画图中，柳绿桃红去岁同。天气清嘉人意好，依然丽日与融风。”“满目桃花客倚楼，青松如幕柳丝柔。今年春晚春常在，次第寻芳直到秋。”次年，荣庆因病在津去世，享年五十八岁。荣庆的荣园诗多描写园景佳构，词句如画，风格清新，有唐人风致，其爱赏荣园的心情在诗句中呼之欲出，可称荣园诗中难得的一组佳作。

民国初年，前清翰林郭则沄创办诗词团体“须社”，将荣园作为游憩吟会之所。郭则沄(1882—1947)，字蛰云，号啸麓，别号龙顾山人，曾任浙江提学使，后任国民政府国务院秘书长，1922年隐退天津。1928年他主持创办须社，任社长，成员有陈恩澍、查尔崇、李孺、章钰、周登皞、白廷夔、杨寿枏、林葆恒、王承垣、郭宗熙、徐沅、陈实铭、周学渊、许钟璐、胡嗣瑗、陈寿曾、李书勋、唐兰等人，不乏一代学人雅士。郭则沄曾在《清词玉屑》卷十二中说：“津沽乏园林之胜，独李学士园稍具丘壑。初名荣园，余易以滢园，憎其近俗也。园中亭榭，向阙题榜，余与太夷(按：即郑孝胥)拟其名，如挹清堂、诗趣轩、因树榭、涵虚阁、窣堵台、蓤亭、淼菽，各有小诗纪之，自是春觞秋禊，必集是园。”“每集必有作，作者非一人。”在须社成员酬唱结集《烟沽渔唱》中有社友在荣园唱和之作四十余首，如查尔崇《西江月》：“风雨踏春时候，园林掩翠人家。郁金裙子卓金车，人在小桃红下。　少女风来池上，王孙草绿天涯。年时影事记些些，依旧秋千如画。”郭则沄说：“当兵火秦川，离忧楚泽，即以此为逋愁之薮

1913年的荣园景致

矣。”可见，须社社友更多的是将荣园视为乱离中避愁之所，以园中静佳之景作为身心栖息之寄托。须社社友均为流寓之人，故其李园吟咏之中常发客中悲愁之感，如郭宗熙《蓦山溪》词有句云：“一帘梦雨，晌又逢寒食。断续卖饧箫，只暗咽，可怜春色。楚山甚处，回首问征鸿，惊野祭，蝳飞灰，烽火家书急。”“几度怨东风，桃粥换，黍盘新，愁剩天涯客。”唐兰《蓦山溪》词有句云：“闲庭芳草，也自欲芊芊，听隔院，筑球声，肠断他乡客。”郭则沄《柳梢青·李园纪游用少游韵》词有句云：“分明眼底天涯，正凄黯，啼来断鸦。帆远飘愁，帘低隔梦，春属谁家。”许钟璐《金缕曲·诗趣轩春禊》词有句云：“歧路飘零春又老，望乡山，一片无情树。残酒罢，归何处。”林葆恒《罗敷媚·戊辰九日集李氏园》词有句云：“一年一度名园聚，暂遣秋怀。长怕登台。如此江山百可哀。”他们把流离的感慨、时光的悲叹与家国的动荡、河山的衰颓一并写入词笺，已不再是游园赏会那对景摇怀、即时兴起的聚乐之情了。数年后，荣园更名为第四公园，仍为须社社友及一些文人雅士所流连。周学渊有《游第四公园得句》诗二首，其一云：“四园花事胜三园（按：当时曹锟私家花园为第一花园，中山公园为第二花园，俄租界俄国花园为第三花园），几树高枝出短垣。含蕾丁香多绕径，扶疏绿柳自成村。”其二云：“昔嫌市井苦嚣喧，今日花封寂寞门。雅称幽人诗意境，日斜觅句到黄昏。”须社词侣星散后，雅集渐稀，至 1931 年 5 月社散，而荣园也几近荒芜。一次，郭则沄、郭宗熙、周学渊重过荣园，作《倦寻芳》词一组表达对荣园衰飒的慨叹，郭宗熙词云：“淡烟羃水，虚籁生林，游跰惊换。恼我西风，偏助角声吹散。荻苇摧霜迟暮感，荆榛匝地迷阳怨。挂斜晖，剩垂杨几树，荒野无算。　　漫觅偏，凭轩诗趣，旧抚苔枝，芳意都懒。满院飞虫，眯目顿呈凄婉。伤乱楼台歌吹寂，添愁菘韭光阴贱。更魂销，塔边鸿，一声遥断。”周学渊词有句云：“峭檐坠叶，深阁笼烟，悲向秋晚。翦尽青芦，还恐野鸥惊散。弦管希声流水咽，楼台沉景繁霜怨。”郭则沄词有句云：“磴深草掩，楼回花沉，星髩惊晚。照影寒漪，多少梦云飞散。”“剩无恙，荒亭残柳，皱尽诗心，怎教重展。”“冷榭呼鸥人意懒，寒畦引蝶风光贱。”这些词句描写了荣园繁华不再的凄婉憔悴，以及词人对此情此景的心酸和无奈。

陈宝琛、郑孝胥等人因追随溥仪来津生活期间，也常流连于荣园，颇有诗咏。

陈宝琛(1848—1935)，字伯潜，号弢庵、陶庵，光绪元年擢翰林侍读，后充任武英殿提调官、翰林院侍讲学士、江西学政、内阁学士兼礼部侍郎，后因仕途坎坷返乡，光绪二十五年补授内阁学士兼礼部侍郎，后简任山西巡抚，1912 年清帝逊位，追随溥仪。郑孝胥(1860—1938)，字苏戡，号太夷，曾任总理各国事务衙门章京行走，拥护戊戌变法，后解职居家，1923 年受命于清室小朝廷，任内务大臣，后随侍溥仪，于 1925 年至 1931 年间在天津生活。

1926 年重九日，陈宝琛与郑孝胥邀客 19 人到荣园登高赏景，众友散去，陈、郑与周学渊留在园内，郑作《九日召客集李园登高》诗云：“闲却西山那忍来，登临正动九秋哀。忧中有乐难忘酒，老去行吟苦费才。兵气入南天不吊，太微移舍世空猜。一丘一水饶萧瑟，侭恋斜阳晚未回。”陈次韵和作《九日李氏园次苏堪韵》：“商飙又拂鬓蓬来，林薄箫寥起百哀。异地得朋聊可醉，残年能赋本非才。中原羹沸民谁主，旷野弦歌俗且猜。有弟故山方伫立，烽烟南望首频回。”同年 10 月 27 日，郑孝胥又陪同方地山等友人游园，见落叶满地、水气颇寒，写有《李园》诗云："芦荻似江南，迎寒花已霜。一亭傍秋水，数客语斜阳。渐远双凫静，孤横小艇凉。不嫌寂寞味，来话水西庄。"将荣园景致遥比江南，近拟津门名胜查氏水西庄，可见青睐有加。1927年5月28日，陈宝琛、郑孝胥、郭则沄、郭侗伯、查尔崇、白栗斋、李子有、徐芷升等人同游荣园，当时园主人李士鉁刚刚去世，园景破败，众人遂戏称荣园为"莹园"(本为"茔园"，后改为"莹园")，又为园中景点重新命名，如"挹清堂""淼薮""柏岭""苇湾""因树榭""窣堵冈""舞叶楼""宛在亭""身云洞""蘉亭""凸桥""诗趣轩""舫斋""松径""药圃"等，准备"各将以诗记之"。席间众人题咏，陈宝琛作《莹园禊集分韵得西字》："小桃微破柳初稊，风浴春衣尚未齐。诗侣画图成雅集，禊堂名籍费亲题。出游佳日兼寒食，寻胜芳园匹水西。若与永和较时世，山阴犹得托高栖。"后来，郑孝胥作《李园十咏》以示纪念，如其中《莹园》一首写道："有地数百亩，留待月与雪。胸无元规尘，何往不莹澈。"《挹清堂》一首写道："雄堂粲天章，仰瞻起人敬。筑者非盗跖，岂必伯夷圣。"《淼薮》一首写道："林尽接丛芦，水光闲明灭。意行愁日暮，微折何曲折。"《柏岭》一首写道："岭头土戴石，岭外乃水乡。苍苍无杂木，唯有柏叶香。"《因树榭》一首写道："水次林复密，缚茅得群坐。置屋纵甚宜，伐林殊罪过。"《窣堵冈》一首写道："凭高造浮屠，意欲利远望。自欺且欺人，如何舍诸妄。"《苇湾》一首写道："葭菼碧无际，回环不见舟。未霜先作雪，谁赏一湾秋。"《宛在亭》一首写道："泛泛羡双凫，茅亭隔水孤。廿年身不至，梦想小西湖。"《舫斋》一首写道："低头入船窗，水浅不可掉。巍然出舟中，疑有腾达道。"《诗趣轩》一首写道："唐宋将毋同，解人随所遇。一切姑置之，与君说天趣。”因皆五言简短之作，故未作细致描写，而多是借题发挥，阐述思理。1927年7月30日，郑孝胥、郭则沄、周学渊、唐兰、查尔崇在李园“刺船淼薮，薄暮乃去”，郑孝胥作诗云：“水光映林林掩水，隐约扁舟没葭苇。一往离披薮愈深，水复林重凡几里。孤亭瘦塔常在望，再转三回犹可指。豁然人意与云平，疑有秋生撇波起。”1928年中秋，陈宝琛有《南楼令·中秋莹园待月》词：“丛薄易黄昏，众星檐际繁。好山河，生怕蟆吞。七宝催修成也未，一年事，縠销魂。　　秋色正平分，天风吹海云。甚仙人，擎出金盆。只要高寒捱得过，怎秋月，不如春。”1929年8月27日，郑孝胥、周学渊、郭侗伯同游荣园，园丁称：晋军借驻月余，四个月无来游者，水次二亭皆圮，荒草没道，几不能通，仅余一堂而已。荣园破坏严重，令人痛心，郑遂作诗云：“闻道近郊兵已去，门前辙迹复堪寻。秋花承砌堂初启，斜照穿帘柳更深。水草欲交聊怅望，坡陀未设且登临。年年携酒题诗地，也共神州付陆沉。”这是郑孝胥最后一次来访荣园了。郑孝胥所作荣园诗，写景抒怀兼具，颇具匠心，为荣园咏歌佳作，而陈宝琛之作，多纪事感怀之咏，虽内容实际上与荣园不甚相关，但也为荣园诗史增加了点染。

1926年，实业家杨味云发起荣园雅禊之会。杨味云（1869—1948），本名寿枏，以字行，晚号苓泉居士，曾参与经营无锡纱厂，后转入仕途，曾任北洋政府长芦盐运使、总统顾问、财政部次长、参议院参议等职，并随主持北洋实业改革的周学熙创办了天津、唐山、卫辉等地的华新纱厂，任全国棉业督办。此雅集陈宝琛多次出席，1928年中秋作《中秋味云招集莹园赏月，分韵得宵字》诗：“满园林樾气萧寥，徐捧冰轮上碧宵。把酒高歌忘客次，灭灯默坐俨僧寮。相看薄袂行多露，长忆轻舠海始潮。又过秋分归未得，忍寒度此可怜宵。”其后重阳节雅集，陈又作《九日集莹园分韵得客字》：“同是寄公孰主客，九九翁参重九席。四秋縻此习兹园，槐柳变黄芦戴白。健者登坡恣吟眺，吾衰后至但饮食。锦囊銮榼各自携，俊味迭尝杂南北。明年今日定何许，凉月留人乐既夕，周侯恋山期不来（立之），郑老东游倘相忆（苏龛）。”1935年，杨味云作《上巳日莹园禊集分得和字，用兰亭体》诗云：“华吁舒照祥，飔扇和芳荑。被坂潜鳞跃，波迎门鹤导。拂桨鸥过流，觞带荇散策。搴萝劳生暂，憩晞发行歌。何以禳祓禊，沴孔多赤蜺。彗日黑鋘溃，河山有虎兕。海有蛟鼍谓，民何辜逢此。百罹今我不，乐来日如何。”时东北沦陷，中日战争一触即发，诗中除写荣园景色，也对国运时局表示担忧。同年，杨味云、顾祖彭、赵元礼、郭则沄、许钟璐、陈诵洛一起畅游荣园，杨有诗云：“梅天蒸溽林气昏，火云不散冰泉温。朝朝坐卧青玉袂，不许热客来打门。素心唯有竹溪侣，共携笠屐寻名园。入门景物尽苍莽，枯藤络石柳半髡。莲塘十顷最空阔，云水萧瑟如江村。翠盖迎风万叶净，缟衣照水千花繁。湖天一碧澹无暑，白鸥与客俱忘言。平桥徙倚日渐暮，凉吹策策菰蒲喧。归来一雨更清绝，便觉秋意生庭轩。虽无闹红停画舸，且共浮白开芳樽。吾曹狂逸天所放，如鱼脱罟鸟出樊。君不见黄尘衮衮东华道，车声日夜如雷奔。”立秋时节，杨味云与郭则沄、周熙民同游荣园，作《立秋日熙民、蛰云邀莹园赏荷，泛舟遇雨》诗：“银塘瑟瑟秋，凉意满汀洲。松翠沾吟笠，荷香入钓舟。烟中一叶远，雨后万花幽。谁识风尘外，萧然几鹭鸥。”1936年，杨味云作《丙子上巳莹园修禊分得天字》诗：“杨柳垂丝草带烟，园林风景渐暄妍。清池曲榭流觞地，澹日轻罨云画天。感旧况当衰白后，伤春更在落红先。听鹂亭馆行吟惯，记种桃花已十年。”并自注云：“自丙寅(1926 年)以来常到此修禊，昔年吟侣散若抟沙矣。”此时，陈宝琛等人已经相继离世，杨味云倡导的荣园雅集渐渐烟云散去。杨味云的荣园雅禊所留诗作虽不如须社之巨，但也称得上是荣园雅史上的佳话。

1940 年，周学熙作《游李氏废园》诗：“昔日园翁肆盛筵，春庭趋侍意翩翩。春花岂得朝朝好，秋月难教夜夜圆。尽有苍穹新雨露，空余培塿旧山川。平泉自古多遗恨，独忆希文思洒然。”周学熙(1866—1947)，字缉之，号止庵，曾任天津道、长芦盐运使。这首诗以“废园”为题，标志着 20 世纪 40 年代以前的荣园诗咏随荣园的荒芜而红尘不再。旧时文人及清室遗老们的荣园题诗见证了荣园由盛转衰的历史，而 20 世纪 50 年代之后，随着荣园的修缮翻新，以张伯驹及“津门三子”等梦碧词社文人群的诗会题咏，则使荣园诗韵的命脉得以重生。

现在人民公园的显密圆通殿为旧时荣园咏诗亭

3.诗缘不负海棠颠

——张伯驹与荣园的海棠诗缘

20世纪50年代以后的荣园诗咏，常常以海棠为焦点。旧时文人荣园诗作中虽也有咏花篇什，如须社社友查尔崇、郭宗熙、徐沅、郭则沄曾作《洛阳春·挹清堂畔看牡丹同赋》组词，郭宗熙、郭则沄、唐兰曾作《一枝春·莹园秋集，海棠桃梅各放数枝，倚声赋之，用草窗韵》组词，又如荣庆有咏红杏、海棠、莲、蜀葵、桃花等诗，但专题且反复集中题咏海棠的还未曾见。真正把荣园海棠诗咏推向巅峰的是张伯驹和有“津门三子”之誉的寇梦碧、陈宗枢、张牧石等文人。

张伯驹(1898—1982)，字家骐，号丛碧，别号游春主人、好好先生，爱国民主人士，收藏鉴赏家、书画家、诗词学家、京剧艺术研究家，曾任故宫博物院专门委员、国家文物局鉴定委员会委员，吉林省博物馆副研究员、副馆长，中央文史馆馆员，燕京大学国文系中国艺术史名誉导师，北京中国画研究会名誉会长，中国书法家协会名誉理事等。中华人民共和国成立后，张伯驹将晋代陆机《平复帖》、隋代展子虔《游春图》、唐代杜牧《张好好诗》、唐代李白《上阳台帖》、宋代黄庭坚《诸上座帖》等多件珍贵文物捐献给国家。著有《丛碧词》《春游词》《氍毹纪梦诗注》《洪宪纪事诗注》《丛碧书画录》《素月楼联语》等。

1904年(清光绪三十年),张伯驹与一个妹妹一起过继给伯父张镇芳。张镇芳于清朝末年在天津任长芦盐使等职,曾署理直隶总督。张伯驹幼年随之居天津,七岁入私塾,九岁能写诗,享有"神童"之誉。也正是九岁时,张伯驹随父住在天津长芦都转署,署内海棠娇艳,使他一见钟情,埋下了日后与海棠的诗缘种子。

1911年(清宣统三年),张伯驹与袁世凯的四、五、六、七诸子一起入天津新学书院(张伯驹是袁世凯的表侄),开始了学校生活。新学书院校址在法租界海大道(原和平区大沽路十七中学校址)。张、袁诸子在书院读书期间,下课即往严修的别墅戒酒楼(在今国民饭店对面)吃午饭。严修有时来看视他们并考问功课,训勉有加,对张伯驹影响很大,张伯驹也由此加深了与天津的情感。

张伯驹在丛碧山房海棠树下

30岁后，张伯驹居住在北京西城的丛碧山房。山房有海棠7株，他每逢花季就会宴宾客于花下，分享“拥绛雪、花压阑干”的景致。卢沟桥事变后，张伯驹避居关中，后回北京，在极乐寺看到海棠，当即吟出名句：“只今倾国倾城事，不是名花与美人。”后来，张伯驹住在燕京大学附近的展春园，园内有20多株海棠，“值雨流光红湿，一片迷蒙”。直到1956年搬去银锭桥南，邻居是昔日旧友刘紫铭，刘家有海棠两株，盛开时张伯驹每日必去，忘情花下。

青年时代的张伯驹曾有咏海棠《浣溪沙》词两首：“金屋深深合护持，春风倚槛斗腰支，玉颜微醉晕胭脂。百样娉婷难入画，十分富丽不宜诗，含情无语夕阳时。”“睡态惺忪唤未醒，云鬟斜弹看轻盈，人间那(哪)有此倾城。若待流觞春亦醉，不须烧烛夜还明，直疑香国梦中行。”张伯驹雅善诗词丹青，且惯看人间风月，竟然赞叹海棠是“百样娉婷难入画，十分富丽不宜诗”“人间那(哪)有此倾城”，可见其对海棠之倾心了。

张伯驹与天津荣园海棠的题咏机缘，要推溯到他和寇梦碧等诗人的往来。1950年，张伯驹在展春园成立了庚寅词社（又名展春词社），诗友不定期聚会，由主人备馔，并预先寄题，交卷后再印送众人评第。老辈如汪仲虎、夏枝巢、许季湘、陈莼衷等尚能扶藜而过。张伯驹早年在天津时曾参加过“城南诗社”“梦碧词社”，与津沽同好一直保持往来。“梦碧词社”是1943年由寇梦碧在东门外南斜街创立的，彼时寇梦碧与周汝昌、孙正刚有“津门三才子”之称，遐迩知名。张伯驹遂邀三人入庚寅词社。长幼咸集，颇有提掖后进之功。孙正刚与周汝昌本是展春园常客，被世人称为张伯驹的“左膀右臂”。

人因事成，词社间的交往加深了张伯驹与天津友人的情谊，他与夫人潘素常在春天到津探亲访友，白天去荣园看海棠，晚间打诗钟。荣园在建造之初，按照荣华富贵、多子多福的传统理念，东边种枣树林，西边种海棠林，南面种石榴林，其海棠林经多年繁滋尤其娇艳。张伯驹爱来天津，既是因为荣园几十株海棠的清雅精致，也是因为像诗钟这样的雅事在北京已经少有人能为。庚寅词社到1957年即终止，而京津两地的诗缘却绵长不绝。一直到“文革”后期，张伯驹与潘素离职回京，先到天津住在张牧石家中，与牧石夫妻只在一间房内中间拉一布帘，生活境地十分窘迫，但雅兴不减，仍与津友欢聚，作词、打诗钟。回京后，被中央文史研究馆聘为馆员，条件好转，来津更见频繁。

从1971年开始，张伯驹年年来津看海棠，年年有词。1971年的词为《庆清朝·与牧石游天津故李氏园，坐海棠林下，花正盛开，时有坠片》：“雾眩红妆，天怜白发，倾城又见佳人。娉婷万态，顿惊眼外皆春，乱落打身碎锦，散花如梦雨缤纷。流光里，剩脂湿透，半是啼痕。　　纵使绿章夜奏，奈何阿娇薄命，金屋无存。东风恁妒，繁华一霎成尘。但愿醉眠不醒，楚骚体赋与招魂。飘残片，有心作簟，铺遍芳茵。”有学者指出：这里的“簟”，是指床上的席子，词人有心躺在席子上，浑身盖满落英，或者说，词人惜花，愿拿席子接住鲜花，让鲜花铺满；也有解释说床席铺在地上，比喻人之将死，如果这样解释，也就是说词人哪怕死去，也愿死在落英缤纷之中，无论如何，都说明了词人对海棠的痴情。笔者认为，词中所言“有心作簟”的，可能就是已飘残瓣的海棠自身，海棠有意铺茵成席，为待词人来赏，好作题咏。若如此，则海棠纵然薄命，也算多情。

1972年，张伯驹再来天津，与寇梦碧、张牧石在李氏园看海棠并填《浣溪沙》词一组："写貌也难下笔来，胭脂匀面粉匀腮。迟迟妆罢出堂才。　　有色羞教贫女见，无香偏向恨人开。更看近水起楼台。""蜀道西来万里程，仓皇辞庙泪痕凝。愁闻马上杜鹃声。　　唯有深怜诗可作，得无再顾国能倾。金瓯那(哪)换美人情。""沽上桃花也逊容，钗横鬓乱睡妆浓。锦绢笼影晕娇红。　　半染啼痕三月雨，全消愁梦一天风。阑干倚遍夕阳中。""乐极重思转惘然，欲回还往亦堪怜。两股心绪半晴天。　　好友最难逢暮日，名花更惜看衰年。余情莫负梦边缘。"这次看海棠大概是在傍晚斜阳之中，词人用名花之艳丽与衰朽之残年相对照，心情在半阴半晴之间，好在花可消愁，人能惜缘，是对赏花心的满足和对如梦人生的慰藉。

1973 年，张伯驹又来天津。陪他看海棠的除了寇梦碧、张牧石，还有陈宗枢、杨绍箕等人。张伯驹作《小秦王》四首："堂

20 世纪 70 年代张伯驹在人民公园赏海棠（前排左起：天津市文化局局长王雪波、张伯驹、天津京剧票友从鸿逵、张牧石夫人张静怡；后排右二为张牧石）

皇节署变名园，上国屏藩梦北门。疑是华堂来命妇，严妆绝艳一销魂。”“七十年来换物华，雨中忆折一枝斜。颠狂不是余年事，即在童时已爱花。”“老来只作看花吟，已少风情惜寸阴。欲藉芳茵随一醉，犹嫌酒浅负杯深。”“嫩红浅粉问如何，可似衰颜借酒酡。眼底花繁犹不见，无香岂更恨偏多。”这一次看海棠，还去了天津金钢桥花园，张伯驹填《鹧鸪天》词云：“无限妖娆拥紫云，迷离眼外看横陈。虽经烧烛难为夜，不到倾城不是春。　词一叠，酒三巡，这时未醉已销魂。自家镜里知妍丑，遮面羞来对美人。”

1974 年，张伯驹在一首《小秦王》中说：“簇簇锦林映小池，年年联袂一吟诗。落英满地成茵席，愿作长眠易箦时。”并自注“天津故李氏园海棠成林，每岁皆与津词家联吟其下。风来落英满地，如铺锦茵，余愿长眠于此，亦海棠颠也。”“易箦”是指人之将死，张伯驹死后愿与海棠长眠，可见他对海棠的痴情，正如他自称为“颠”了。

1977 年，海棠开放，而张伯驹却未如期而来。杨绍箕赋词四阕寄去北京，代为请柬。张伯驹回信中说：“今岁晴旱，风多雨少，花皆早放。海棠时节或不能去津，怅惘何似”，并回赠《小秦王》四阕：“今年却负海棠春，两地风光接一尘。自看张颠身已老，非因避面李夫人。”“还愿今年似去年，名花相待耐风妍。也知走马先鞭着，却少囊中买路钱。”“暄风暖日妒春阳，空乞轻阴护海棠。更是藏娇金屋起，无能烧烛照红妆。”“柘枝记自唱离筵，只剩灰堆蜡炬残。知否故人悭一面，年年长忆李家园。”八十岁的“张颠”此时已如蜡炬残灰，常感觉经不起旅途往返之劳，但他对天津荣园海棠和师友的挂念更加深切。

1979 年，张伯驹来津看海棠那天正值张牧石 51 岁生日，张伯驹得知喜出望外，即兴口占一阕《卜算子》：“节到海棠天，有客迎三径。酒浅能教意更深，乐事添清兴。　恰是半开时，向晚风初定。春色无边去又来，人与花同命。”并序文曰：“戊午暮春初八日，李氏园看海棠正半开，值牧石词家五十晋一寿，可谓花与人并胜。因赋此阕为祝，即乞正拍。”“花与人并胜”是张伯驹对晚年挚友的美好祝愿，而“人与花同命”则可以说是他一生赤子之心的写照。人活百年，如能与高雅的趣味相追随，总不算辜负生平，张伯驹用他一生一以贯之的淡泊雅量、真率情怀，谱写了一巨册厚重的人生诗卷。

1982 年 2 月 26 日，张伯驹在他八十五岁寿辰的转天离开了人世，永远告别了那开如明霞、凋如啼妆的海棠世界。

张伯驹可称为天津荣园海棠诗性的召唤者和鼓吹人，也正是因为他的带动和凝聚，与他交游的天津名士也以海棠为聚焦点，为荣园的人文属性增添了乡土文化的耀目光鲜。这其中，被世人称为后“津门三子”的寇梦碧、陈宗枢、张牧石则可称为天津近代以来诗词界的翘楚，为天津文脉之承继与传统文化之发扬做出了巨大的贡献。

二 “津门三子”与荣园诗咏

同声相近，同气相求，把“津门三子”等文人聚在一起的纽带是寇梦碧主持创建的“梦碧词社”。

近代以来的天津诗词社团，最早的要数1921年由严修等人创办的城南诗社。稍后则有郭则沄等人创办的须社。沦陷初期有张异荪、王禹人等人所发起的冷枫诗社、玉澜词社。20世纪40年代以后，以上数社均停办。但以上社团多为诗社，罕有词社，只因老辈诗人常鄙薄词为“小道”，不屑为之。寇梦碧以深厚的文学功底，学兼唐宋，能兼诗词，词学南宋吴文英、王沂孙，诗学黄庭坚、陈三立，古文也颇有奇气，工为骈体，又有雅正进步的词学观，终于成为津沽词坛的拓荒者。

梦碧词社较为晚起，故社友多属前述各社中人，例如李琴湘、王新铭、刘赓尧、李国瑜、王叔扬等为城南社友，周公阜、姚君素、王禹人、冯孝绰、石松亭、王伯龙、杨轶伦、杨炜章、杨绍颜、马醉天、王梦龙、顾恺白等为冷枫、玉澜社友，周学渊为须社社友等。社友聚散靡定，一贯操持社务者，则为寇梦碧、周公阜、王禹人、冯孝绰、姜毅然、赵哲余等人，多为老宿，当时三十岁左右的，先后有寇梦碧、孙正刚、周汝昌、张牧石、陈宗枢等人。著名诗家关颖人有《三君咏》,咏赞寇、周、孙三人,此后孙正刚有《后三君咏》,所咏叹的则为寇、陈、张三人。故学林对寇、周、孙三人有“前津门三子”之称(又称“津门三才子”“前三杰”),而对寇、陈、张三人有“后津门三子”之称(又称“后三杰”)。但始终保持唱和交游且于社会影响广泛的乃是“后津门三子”,所以今天人们提到“津门三子”则自然而然地想到寇、陈、张三人了。

“津门三子”中于诗坛树立最早者为寇梦碧,他因 20 世纪 40 年代创立“梦碧词社”而先后集结了数十名诗词家,形成“梦碧词社”诗人群,20 世纪 50 年代初与张牧石结识,张氏遂成为词社骨干,1957 年,陈宗枢与张牧石结识,1960 年秋,陈宗枢因张牧石介绍得与寇梦碧结识,亦成为词社砥柱,其后雅集吟咏,交往深厚,逐步形成“津门三子”的格局。

1.倚声抵死为生计
——津门诗坛盟主寇梦碧

1)起衰幸见邦之彦——寇梦碧的诗词人生

寇梦碧,名家瑞,1917年(岁次丁巳)阴历九月二十七日出生于天津寇家,字泰逢,排行第六。寇家祖籍在祖籍海宁,世代官宦,至寇家瑞父辈,弃官从商,成为当时天津电器界的大亨。寇家瑞父亲病逝后,由其次子接手家族产业,因经营得当,事业蒸蒸日上,成为天津商会会长。二哥对寇家瑞疼爱有加,尤其重视启蒙教育,延请良师教授传统经典。寇家瑞虽年幼,但看到老师年岁已高,便时常从大门口背着老师进课堂。秉性的温良敦厚,加上学习的勤勉善思,使他七岁便开始创作诗词,常常出口成章。

寇梦碧

寇家瑞的二哥毕生钟爱词学,浓郁的家学氛围也促进寇家瑞钻研国学，因此到崇化学会学习。崇化学会是1927年由著名教育家严修（范孙）倡导成立的，办学宗旨是为了继承和研究中国历代学术及经史古文，以维护国学之延续。文化教育界名人林墨青、李琴湘、赵元礼、华世奎、高凌雯、刘嘉琛、徐世光、王守恂、金钺，实业界名人杜克臣、赵聘卿等人联袂协助筹设。同年8月2日，当时的河北省政府教育厅准予备案，学会正式成立，严范孙被公推为首席董事，其余倡导者皆任董事。次年春，以严范孙家宅的蟫香馆为讲堂，礼聘长洲章钰（式之）为主讲人。开设义理、训诂、掌故三门课程。1929年春严氏病逝，会址于夏季迁到特三区（今河东区）二经路天津行商公所，仍由章式之主讲。1935年学会迁至东门内文庙府学明伦堂。1936年又筹备继续招生，并决定分设初级讲习班（全日制）及学术讲演会（晚班），讲师分别由首期学员担任。1937年天津沦陷后，该会停办。1945年招收3年制学员，日班整日讲课，晚班为讲演会，讲师均为义务。1948年，学会日班第一期学员毕业，同年暑假后又招二期，学习期限仍为3年。二期学员于1951年春季毕业，该会随之停办。

寇家瑞在崇化学会以优异成绩卒业以后，即留会任教。此时，他已耽于吟咏，尤喜南宋梦窗（吴文英）、碧山（王沂孙）二家词，故自号“梦碧”。“寇梦碧”这个名字，从崇化学会开始叫响。

寇梦碧1939年曾参加玉澜词社，至1943年（民国三十二年，岁次癸未）自创门庭，建立癸未文社，内分诗词、诗钟、谜语诸门，而以词为主。翌年岁次甲申，经向迪琮、姚灵犀、周公阜等前辈宣导，社务日益发展，更名为甲申文社，姚灵犀任社长，是年秋再更名为吟秋社。抗战胜利后曾一度中断，直到1946

年(民国三十五年)夏,29岁的寇梦碧在《中南报》刊登了一则征友启事,写得非常典雅。启事中称:"余耽情声律,冥心孤往,久与社会隔绝,愿征同好者为友……"文末写有联系地址:"南斜街天津市电业公会院内'梦碧词社',社长寇泰逢。"寇梦碧发出此启事旨在召集旧友,更广结交同道中人,为承继沽上词学而努力,而"梦碧词社"也最终正式成立。词社也曾请向迪琮为词学导师,李琴湘为诗学导师。1946年,向迪琮重返津门,主海河工程局,他在词社曾主课题"尉迟杯·依清真声韵",李琴湘主课题"七律·咏雪声"。一时和者甚多。同一年,李琴湘赠寇梦碧诗云:"寇君博雅美少年,大开门户主坛坫。颇忆词笺堕水西,起衰幸见邦之彦。"代表着当时文坛对寇梦碧及其词社的高度认可和赞誉。

寇梦碧曾描述梦碧词社的剪影为"几株衰柳,三间老屋,一窗灯影,数客吟声"。今日读来,虽能知当时条件简陋,亦可为那古雅环境中的诗词坚守而神驰。梦碧词社社友先后达八十余人,历时六年共出社刊《梦碧词刊》十期(1943—1948)。

词社取"梦碧"之名,原因有二:一是以南宋词人吴文英(梦窗),王沂孙(碧山)为宗。二是取梦窗《瑞鹤仙》词"草生梦碧"句,有小草萌发、充满生机之意。词社的词学宗旨是远宗清常州词派周济标举的宋四家:周邦彦、辛弃疾、吴文英、王沂孙,近承晚清四家王鹏运、郑文焯、况周颐、朱孝臧。门径虽仄,但对五代、北宋诸家,亦皆崇尚,唯厌弃浮滑叫嚣的诗词作风,是对当时"诗必白陆、词必苏辛"粗率扬厉的诗词风气的有意逆转。但是,寇梦碧又不赞同南宋慢词那种无病呻吟的格局,他主张"以稼轩之气遣梦窗之词",也就是内容上要有寄托,要有辛弃疾词中传达的那种豪放的感觉,但在辞采形式上要像吴文英之词一样精美，将稼轩之情气与梦窗之词采结合起来，相当于是沉郁新奇与深婉骚雅的融合，恢复词作原本的“内容以书写日常生活的情感为主，意境比较细巧，表现手法比较委婉，语言比较凝练精致”等艺术特点，最终臻于词学的最高境界。这种词学理想不但在当时尤为可贵，纵观词史，也是一种高雅的标格，可称为雅正而高拔、综合而进步的词学观。

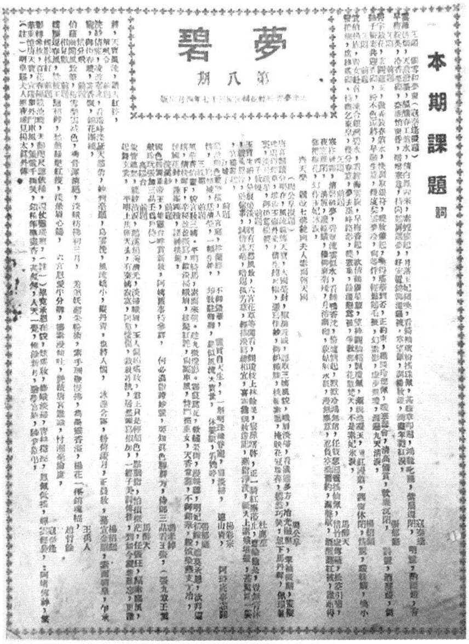
夢碧
第八期
本期課題 詞

《梦碧词刊》书影

天津沦陷时期，词社仍能在腥风血雨之中唱和不辍，但绝不是吟花弄月，而是咏叹沧桑、怀抱山河。因此，徐悲鸿曾在《谢梦碧词社赠词刊》诗中赞叹道：“要为民族扶正气，短吟低叹比风雷”。当时词社课题有“台城路·读花外集”，《花外集》为南宋遗民王沂孙的词集，抒发了强烈的故国沦丧之情。以《花外集》为社课之题，展现了社友沦于日寇的亡国之痛。寇梦碧词作云：“晚蝉花外沉孤韵，江山夕阳深处。春水垂杨，宝帘新月，长忆故家眉妩。沧波路阻，莫梦到骊宫，素鹇沉羽。刻骨骚情，人同天上寸心苦。　　神州曾几换劫，帝心胡此醉？鹑首轻付。桃扇歌尘，芦沟魅影，一例伤心南渡。于喁寸土，但雁口光阴，《补题》重赋。共命孤弦，半灯寻梦语。”词中“于喁寸土”出自《庄子》，借指词友们唱和的小天地，“雁口光阴”出自元曲“箭穿雁口，没个人敢咳嗽”，《补题》指《乐府补题》，是宋遗民分题咏物、寄托亡国之痛的词作专集，寇梦碧的这首词可谓是“以深文密藻寓爱国情怀”的代表作。寇梦碧又作有《减兰·迎春》词，上阕云：“送春无计，怒涛化为呜咽水。学舞刑天，半壁斜阳费管弦。”刑天被黄帝杀头，其神以乳为目，以脐为口，操干戚而舞，即上古造反之神。“学舞刑天”是借用陶潜《读〈山海经〉》中“刑天舞干戚，猛志故常在”的诗句赞颂“头可断，血可流”的民族气节。词社作品在艺术风格和创作手法上大抵如此，绵丽奇伟、外柔内刚，吸收了从楚辞到李贺、李商隐等古人熔铸词采、驰骋想象的长处，继承了南宋词人严密的格律体系，又能寄托感怀，咏叹时事，被称为在恐怖时代里一种隐蔽的斗争形式。社友冯孝绰有题“卢沟晓月”诗句“喜听桥头狮子吼，百年迷梦始惊回”，因为卢沟桥有雕饰的各种狮子形态，而中国本有睡狮之喻，近百年遭列强侵扰，终于使迷梦惊醒、睡狮复苏。这样的作品也为词社传诵，可见社友心志之一同。

以词社为阵地，寇梦碧大力提倡“谈艺之风”，为了避免闲聊空谈，相约三不谈：“一不谈政治风云，二不谈商业得失，三不谈柴米油盐。”由此也可窥见他风雅的一面。他专心诗词，戛戛独造，诗词之外，绝无旁骛。只是把对政治风云、民族危亡的深刻认识都寄托在诗词中了。1945 年 9 月，日寇投降后，寇梦碧在当时的《民国日报》先后发表《津门纪变杂诗》二十首，乃沦陷时期纪实之作，如“扦掫号戒断人行，电炬霜矛照眼明。多少生民罹死劫，羁魂夜夜梦中惊。”说的是日寇不时戒严，于夜间搜索民宅，滥捕无辜，杀害爱国人士。又如“八面观音九尾狐，通天手眼恣奸污。空谈节食能增产，赢得苍生血泪枯。”说的是伪市长温世珍提倡节食增产，曾照一手捧窝头的照片以为“示范”。又如“山河都付劫余灰，献铁搜铜事可哀。佛像迎来空惑众，金钟已失济川材。”说的是日寇穷途末路，迫令市民献铁，又把金钟桥全部拆掉，但为了欺骗人民，从外地运来铜佛一尊，放在居士林内，诡称为民祈福。又如“逃生无处觅蜂窠，渔夺侵牟日益苛。八面孤寒何处去，累累新冢故人多。”说的是日寇残酷搜刮，每月配给市民少许粮食，多为豆饼，物价飞涨，市民一月所入，不足以供三日之需，有的教员白天教课，晚上蹬三轮车，卖香烟，饿殍盈路，惨不忍睹。又如“群声鼎沸集膻蝇，紫焰烧天素雾蒸。寥落二楼书画展，耸肩呵手冷于冰。”说的是当时投机倒把风行，这些商人时而暴富，时而破家，永安饭店楼下的金银市场，成为争膻逐臭之所，而二楼时常展览书画，却观者寥寥。记时代升沉，体四方民瘼，当代诗史，无非如此。

1947 年重阳节，梦碧词社社集，刘云孙以“丁亥重阳”拟题，社友诗作无不将目光放在战争上。如陆纯明诗云：“万里龙沙铺战骨，连天烽火销人间。”杨绍颜诗云：“岁丁厄运话封世，遍地烽烟羽檄驰。”杨轶伦诗云：“万方多难肠应断，一事无成鬓已苍。”康仁山诗云：“烽火漫天悲鹤唳，云烟遍地泣鸿哀。”郑阜南诗云：“时世如今伤变乱，登高惟有望烽烟。”寇梦碧诗云：“乱云迷白雁，浩劫换红羊。”面对战争，一介文人，长歌当哭，将战乱之下民生之苦挂怀于胸，体现了八年沦陷之后，内战爆发，民众再次陷入战争之中的痛苦，以及梦碧词社同人对时局的关注和对苍生的悲悯。

也正是在 1947 年，寇梦碧与周汝昌结识。周汝昌(1918—2012)，天津人，字禹言，号敏庵，后改字玉言，别署解味道人，曾就读于燕京大学，师从顾随等先生，读大学期间即与北京文化名流许宝蘅、郑颂先、张伯驹等相交，是杰出的红学家、古典文学研究家、诗人、书法家，是继胡适等诸人之后新中国红学研究第一人、考证派主力和集大成者，被誉为当代“红学泰斗”，其红学代表作《红楼梦新证》是红学史上一部具有开创和划时代意义的重要著作，奠定了现当代红学研究的坚实基础，又在诗词、书法等领域所下功夫甚深，贡献突出，撰有《诗词赏会》《永字八法》等著作。当时抗战方告胜利，周汝昌重见天日，出任天津海关职员。得知寇梦碧发起梦碧词社，遂“入社缔盟，唱和之缘，推敲之契，自兹为始”。周汝昌词作兼取北宋小令、南宋长调之长，风格清新隽逸、自然流畅，有《细雨檐花馆词》。其入词社诗云：“百派潆纡入海门，钟灵毓秀定谁敦。斯才竞向屠龙用，吾道宁从叹凤论。午马齐年君主社，丁沽同邑我居村。屹然半壁扶风雅，感激招邀酒一樽。”以词社为契机，二人结下深厚的学缘，曾共同笺校《梦窗词》。周汝昌曾为寇梦碧《夕秀词》作序，并作诗三首相赠：“举世何人解梦窗，三津才艳压三江。家风顾曲须凭信，心折莱公是我邦。”“风调平生自不群，独于文采总推君。而今一序真难称，仙乐人间几度闻。”“扫地斯文彼一时，后来谁唱柳郎词。令威莫化千年鹤，剧恐民言也不知。”诗中折服之意、真切之请溢于言表。周汝昌曾说：“彼时，我二人皆不过二十余龄，虽属少年，而于词章，寝馈则久。寇兄才高眼高，于我亦未尝白眼以待，深相契许。我平生韵语，多不留草，随口吟成，即写寄侪辈，稍过，即一字不复省记。此一僻性，朋辈每每笑之。然而数十年间，我写寄与兄者，皆蒙记诵于胸中，偶因鱼雁，追忆前尘，录来拙句，则一字不落，使我且惊且喜，揽我旧篇，恍如梦境——此固兄我之情深，亦足见其博闻强记，天赋有大过人者矣。”寇梦碧看重友情的品质由此亦可见一斑。周汝昌又说：“寇兄之知我，不独词章才艺，于我治学，亦加青睐。其言有云：读他人之学术论文，即论文而已，于论述之外，无多意味，甚者枯燥沉闷，阅之引睡；独见敏庵，即考证性很强的文字亦绝无死板机械感，字中有情，句外饶味，实所仅见。”于此可见像寇、周这样的学者之所以能够达成毕生之莫逆，并不仅仅是因为学问，更是因为那基于学问、又为学问之基础的文人性情。多年后，寇梦碧去世，周汝昌沉痛不已，在文章中说：“吾乡津沽，历来诗家、文家、艺家，代有才人，风骚是领，向无荒凉之叹；唯于倚声，实恨光焰不彰，英华久蕴。以我寡陋所知，平生推服，则梦碧寇兄一人而已。”1949 年以后，周汝昌远赴四川教书，后又因《红楼梦新证》而遭到批判，与词社的唱和渐少。

词社至 1947 年，社友已达四十余人，其中包括李金藻、姚灵犀、姜毅然、周汝昌、张谦等名家。每逢周日，社友济济一堂，

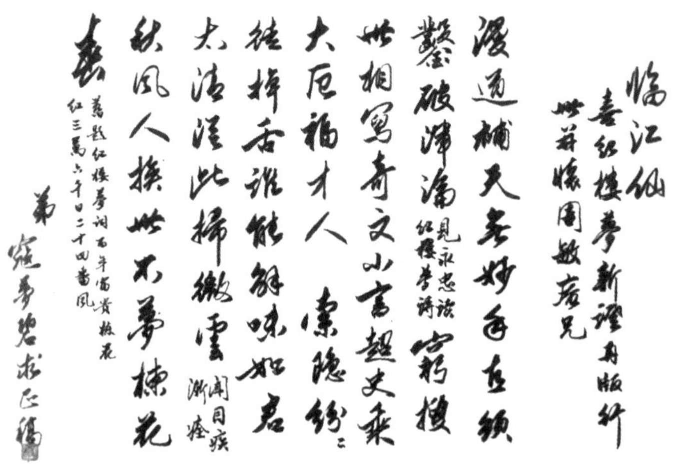

寇梦碧《临江仙·喜〈红楼梦新证〉再版行世并怀周敏庵兄》墨迹

经寇梦碧提议，每次集会由社友轮流命题，余兴作蝴蝶酒会。所谓“蝴蝶”有二义：一则谐“壶碟”二字之音，一则象形壶为蝶身，碟为两翅。每次酒会每位社友根据个人的经济条件，随意自携一壶两碟酒肴，以为醵饮之资。席上则作文字游戏，如连句、诗钟、酒令、谜语等。寇夫人善烹“寇家肉”，颇有“东坡肉”之滋味，每受社友称道。经过寇梦碧等人的苦心经营，社友前后共有八十余人，每次聚会，多则三十余，少则十余。夏承焘、张伯驹、陈兼与、黄君坦、周学渊均曾与社友相酬唱，津门词风为之一振，城南诗社老辈中李琴湘、刘赓尧、李国瑜等皆转而为词。1947年，周学渊有赠梦碧词社《齐天乐》词云：“近来沽上多词客，雍容海天春色。忆我当年，曾陪俊侣，别奏花间箫笛。而今莫得，叹青琐情空，玉宵人隔。七子风流，又开坛坫大河北。　　十年烽火寂寂，喜瑶华一卷，分鼎连璧。梦月章新，空青格隽，何让鸳湖才力。裁红剪碧，有前日巴东，莱公词笔。再见升平，水面怀旧迹。”可见当年词社的盛况了。

《辰报》1947年10月8日第2版“梦碧词社”栏目刊载守梅《文虎大会续志》一则：“中秋佳节，承寇泰逢兄约，共同举行文虎大会，到来宾之多，超过每次纪缘，盛况空前。是日，除庞青立君参加谜条外，王寰如、徐幽客二前辈，均仿‘打虎将’猎获甚多。至六时许，始尽欢而散……”文中记录了大会上所作精彩谜语若干则。寇梦碧毕生痴迷谜语，以谜会友，亦是文人雅事。1948年9月16日，天津《真善美》画报第4版刊载《梦碧词社主办秋节文虎大会》一文：“本市梦碧词社为□缀秋节，提高文艺兴趣起见，特订于旧历八月十五日下午□时至七时在东门外南斜街三号，张灯悬谜，参加者计有寇泰逢、王寰如、邵守□、庞青立、王禹人、马醉天、□采诸君，及北平分社周公阜、周耕青、罗鲲公、张郁庭诸君寄□谜条甚多，备有月饼等赠品，欢迎同好者猜射云。”可见文虎大会不仅一年举办，且梦碧词社当时在北京设有分社。

《辰报》1947 年 12 月 20 日“梦碧词社”栏目刊载《征求社友·奉赠词刊》一则：“梦碧诗词社，为寇泰逢君所发起，已有数载，加入社友已达三十余人之多，皆本市吟坛名宿。刻以第六期词刊已经印就，内容丰富，字字珠玑，现拟以五十册奉赠同好，凡有意加入该社之同道，请将近作诗词一篇，连同履历住址，寄至东门外南斜街三号，交寇泰逢君收，当即奉词刊一册。但无意加入者，幸勿赐教云。”可见当时词社仍在为广结诗缘而努力。其实，诗词往来本可以通过人际交往逐渐形成网络，梦碧词社经营数载，当时作手及具有一定资质的初学者应该已经基本联系到了；之所以仍努力在报刊声明征友，无非是希望激起更多热爱诗词的人加盟的兴趣以及社会对梦碧词社这种雅正诗词社团的关注。众所周知，很多以文人缔交结盟为基础的诗词社团都是相对封闭的，因为“雅”常常属于小众，而梦碧词社愿面向社会，其怀抱之广大则可知了。

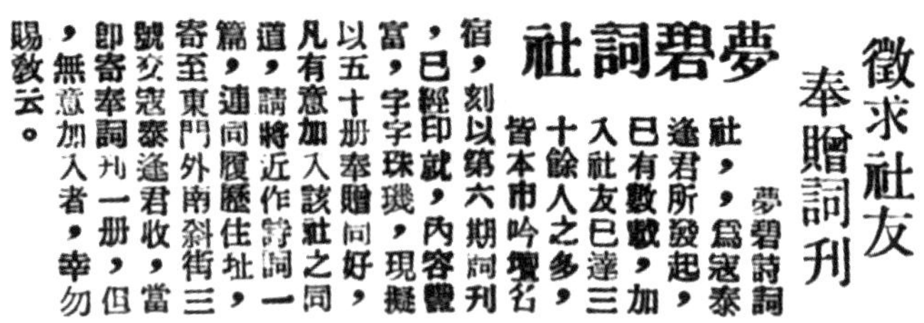
徵求社友 奉贈詞刊

夢碧詞社

夢碧詩詞社，爲寇泰逢君所發起，已有數載，加入社友已達三十餘人之多，皆本市吟壇名宿，刻以第六期詞刊已經印就，內容豐富，字字珠璣，現擬以五十册奉贈同好，凡有意加入該社之同道，請將近作詩詞一篇，連同履歷住址，寄至東門外南斜街三號，交寇泰逢君收，當即寄奉詞刊一册，但，無意加入者，幸勿賜教云。

《辰报》1947 年 12 月 20 第 2 版“梦碧词社”栏目

当然,在新中国成立前,词社作为一般知识分子组成的诗词社团,也遇到过一些风险,抗战期间及抗战后,先后都有特务钻入词社摸底,找把柄。自 1948 年后,词社名义虽不存在,但词友尚偶为小集。地点或在冯孝绰的小不食皂斋,或在姜毅然的十二石山堂,或在张牧石的梦边庐,或在孙正刚的晋斋,或在陈宗枢的琴雪斋,或在张轮远的石莲庵,或在杨轶伦的自怡悦斋,或在陈芳洲的槐阴小筑,或在王伯龙的摩诃室,或在王禹人的恬静斋,每集或连句,或折枝,或为商灯之戏,不过三五人而已,但也不乏偶然一逢的集会盛况。

张伯驹在北京成立庚寅词社之后,应孙正刚之邀,梦碧词社社友参加了张伯驹庚寅词社, 每月遴选平津两地词友之佳作油印成词刊,按期分发。正是从那时开始,两位社长张伯驹(丛碧)、寇梦碧被学人称为词坛“双碧”。也因此机缘,张伯驹常于春季来津会友,他曾赠词社诗云:“终古海河任枯竭,只应流不尽心源。”可见对梦碧词社之推崇奖掖。这其中的纽带也正是一代词学名家孙正刚。孙正刚(1919—1980),原名铮,号晋斋,天津人,燕京大学国文系毕业,曾师从邓之诚、顾随等先生,历任天津师范学院、天津教育学院讲师,著有《天上旧曲》《人间新词》二集,并曾与张伯驹、周汝昌等共著《春游琐谈》。他主张填词要五声具备,并对旧体诗词如何为现实服务,怎样使词既通俗易懂,又不失传统特点等问题做过探索,著有《词学新探》。他曾赠寇梦碧《鹧鸪天·岁暮怀人》词云 :“饯罢残春便入冬, 迎秋雅集梦相从。神州著我为行者, 六合微君少溷公。　　天欲堕,道终穷。岁寒消息托宾鸿。课余能几抛心力,沧海横流一笑中。”

20 世纪 50 年代以后,寇梦碧先后结交张牧石、陈宗枢,梦碧词社的盛况虽不复见，但是寇、陈、张三人的诗词缘拉开了津门诗坛的新篇章。

1962 年，国家举办中国画出国（东欧四国）流动展览，选中姜毅然所作《绣球花》，寇梦碧倡集词友数十人作四十余首《东风齐着力》为绣球花题词，并作七言绝句专咏绣球花，一并汇成《红雨东风集》。姜毅然（1901—1979），别名姜世刚，天津人，擅长中国画，专工花卉，尤擅工笔，1929 年毕业于北平美术学院，历任天津美术出版社、杨柳青画店编辑，晚年编有《白描花卉画册》，其作词学姜白石，平生作题画诗词三百多首，收入《宜风宜月楼题画诗词》。20 世纪 30 年代曾组织毅然画会，陈宗枢曾入会学习，惜为时不久即散。姜毅然是词社重要成员，与诸多社友交谊深厚。一直到 1965 年（农历乙巳年）花朝（二月十五日），65 岁的姜毅然约集寇梦碧、杨采中、冯孝绰（殊厂）、张牧石、赵浣鞠等于书斋十二石山堂（当时在南开区鼓楼西镇署西箭道 29 号）雅集，酒酣之际乘兴绘红梅一帧，由寇梦碧拈题并用白石韵联吟《一萼红》词一阕为百花寿，词云："弄轻阴，恰养花天气，高馆集朋簪。（梦碧）细柳条黄，新杨穗紫，芳事浑未消沉。（采中）更须待、红嫣翠蓓，觅华赏，消息何青禽。（牧石）涉梦溪山，嫩寒高榭，还拟登临。（殊厂）　燕子不来春寂，任愔愔帘幙，酝酿词心。（毅然）稳驾舠船，邀游麹海，嘉约仍许追寻。（梦碧）倚新阕，为花介寿，听枯桐、余响尚铿金。（浣菊）拈取东风一枝，点得红深。（毅然）"

1963 年，社友常到黄家花园小集。有寇梦碧、周学渊、李石孙、徐振五、姚君素等人。寇梦碧作有梦碧纪事诗，其中二首云："玉澜无复绛纱笼，寂寞吴江吊冷枫。老屋三间诗梦好，城南社又转城东。""冷鸥三两送歌阑，灯火斜街唤梦难。犹有梅花伴吹笛,愿留残雪护春寒。”第一首述津门六十年来社事蝉嫣之迹,第二首述近年以来社友凋零之感。

“文革”期间,沧海横流,动荡不安,但词社的活动仍然坚持。每逢周三,在海河金汤桥下的长堤边,社友们秘密聚会,留题分韵,诗钟联句,坚持不衰,有“大河集”“蝴蝶会”“海棠会”种种,分题限调,行令打钟,一息不灭,并留有《七二钟声》。

寇梦碧所著《六合小溷杂诗》《夕秀词》中的大部分作品写于抗战和“文革”期间,尤其是“文革”之后,其词境大为开拓,诗亦多有新意, 每于感慨忠愤处寓时代感, 光怪陆离中见沉痛。

词社社刊《梦碧词刊》,第一期为油印本,从第二期开始,经社友马醉天介绍,改由某报馆铅印,每月一期,至天津解放前夕,共印行十期。每期分词课、诗课、论文、词话、社友简介、词坛近讯等栏目。词题多为咏物,如“雪狮儿·熊猫”“一寸金·邮花”。又有赋调者,如“六丑”和清真,“莺啼序”和梦窗,皆不限题。当时正处于民族危难之中,词人感白雁白翎之至痛,托咏蝉咏蟹之微辞,故社友所作,连情发藻,以意格为主,庶不悖“意内言外”之旨。社友顾恺白赠句云:“残山剩水废登临,结社吟秋感慨深。争诧《补题》工咏物,谁知字字楚骚心。”

1983年,斗转星移、世事变迁,四十多年过去了,寇梦碧有感于词社旧友凋零殆尽,遂请姜毅然先生作《斜街唤梦图》一幅,以寄托感慨。图成,寇梦碧题图首唱《霜叶飞》一曲:“飏丝牵绪,回心影、当门谁识芳树。忆从东海幻风刀,飞血迷腥雨。漫掇拾、丛宫碎羽。引杯小试骚怀古。但日压城痕,金铁颤霜弦,创雁与支吟素。　　空剩碧断遥山,窗零乱梦,老去春色难赋。俊盟飘作北邙烟,笛迸残魂语。忍更织、衰杨病缕。冲寒莺燕伶俜去。且喜凭、山堂笔，唤梦斜街，烛痕深处。”当时海内名家纷纷赓和，不下数十人，成为一时词坛佳话。这幅图也就成为天津词学一脉的一个重要标志物，成为梦碧词社的永久见证。梦碧词社前后坚持活动了五十余年，这在文人结社的历史上是极为罕见的，在中国诗坛上留下了一段永不可磨灭的佳话。

改革开放以后，百业复兴，诗运大昌。寇梦碧更致力于传统文化之传承，积极参加天津市的文化建设，诗词也颇见新境。天津食品街、古文化街、戏剧博物馆等修建时，需撰写碑文、楹联、匾额，都请寇梦碧和吴云心等人为之。1984年，南市食品街建成，其四个门楼上的“振羽”“兴歌”“中圣”“华腴”为“振兴中华”四字冠顶，即为寇梦碧题名。他并有《南市食品街纪事》组诗，其中一首云：“‘中圣’飞觞酹醉魂，‘华腴’共赏笑言温。欣逢盛世‘兴歌’咏，待看腾飞‘振羽’门。”同年国庆节，寇梦碧作

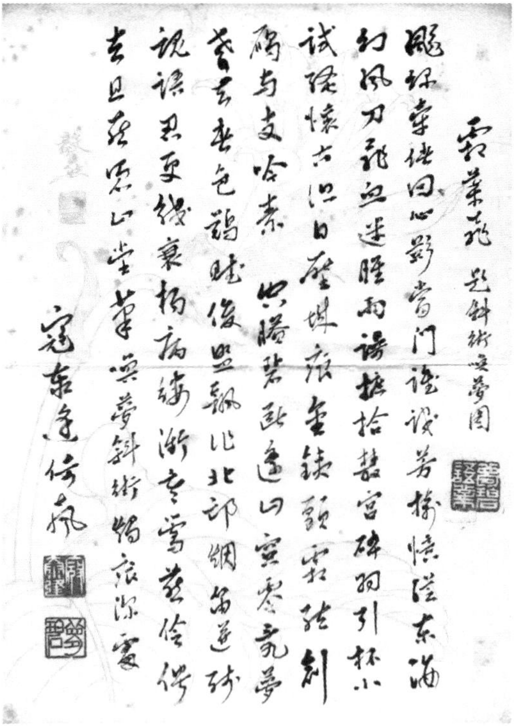

寇梦碧题《斜街幻梦图》

《虞美人·国庆焰火》词云："千灯炫彩鱼龙戏，歌舞欢声里。轻雷唤醒一天春，疑是月中桂子落缤纷。 金霞银雨相辉映，四化瞻前景。夜空幻出百花园，今夕乘风我欲赋游仙。"以新奇的比喻，丰富的想象，既歌颂了时代，又抒发了个人的喜悦之情，辞美律严，不失雅正，内容与形式达到了完美的统一，可称递变中诗词创新的代表作。

1986 年 9 月底，天津诗词社召开成立大会，通过了会章，选举李霁野、周汝昌、牟敏、涂宗涛、杨宏达、陈宗枢、张牧石为顾问，王达津、陈冰、石坚、方纪、安涛为名誉社长，寇梦碧为社长。天津诗词社暂以天津茂林书法学院院刊《学诗词》为社刊，寇梦碧任主编。同年，天津市文史研究馆成立诗词组，众多馆员赋诗庆祝，张轮远作诗云："昔曾诗社说城南，梦碧词坛亦不刊。今日同欣歌盛世，十年苦尽庆回甘。"寇梦碧则作组诗云："梦未成烟碧有痕，斜街心影许重温。艳阳那复愁风雨，收拾莺花劫后魂。（四十年前于南斜街倡为梦碧词社，今又重拾坠欢，再赓吟唱，喜何可言。）""诗情本自性情来，红紫纷纷漫剪裁。好向九州借生气，春风吹我笔花开。（诗词亦应来自生活，始有真情实感。近日报刊诗词，率多堆杂口号，实无足取。）""何分柳腻与苏豪，堆倒门墙数仞高。笔阵纵横有颜李，诗城割据岂孙曹。（诗词写作应排除门户派别之见，团结一致，为"四化"做出贡献。）""可怜无补费精神，早岁师黄晚学陈。劫火十年丹九转，风雷脱手便成真。（予诗早年学昌谷，晚学散原，都无成就。其后，始觉略有所进。）"这四首诗既体现了寇梦碧对天津诗词的美好愿景，也表达了自己对诗词的见解和要求。1987 年中华诗词学会成立，寇梦碧担任首届顾问。

1987 年，寇梦碧作《沁园春》词题郭永元、杨其昌、唐兆璞、

天津诗词社、东方艺术学院首届诗词习作班毕业留念(前排左三为张牧石,左四为寇梦碧,左五为陈宗枢)

马俊卿、黄桂珍等人合作的《海河新貌长卷》,词云:"七十二沽,九派奔流,何其壮哉。溯二分明月,渔天榔唱,千钟白粲,漕运船回。紫竹林空,红桑世换,蜃气全消卷怒雷。图画展,望澄波皛皛,镜面新揩。　　翠阴环绕楼台。是多少春工妙剪裁。喜园开月季,桥飞蝴蝶,金鳌浸血,振羽传杯。云叶为笺,海涛作墨,大笔淋漓写壮怀。升平颂,献史诗一卷,万象宏开。"集中表现了对天津新貌的赞叹,抒发了愿为新天津讴歌的壮怀。

1988年,天津诗词社与东方艺术学院合办首届诗词写作班,寇梦碧任教。

1989年,72岁的寇梦碧身体每况愈下,仍然不肯安心静养。因自觉时日无多,为了词学一脉的延续,又主持成立了梦碧后社。

寇梦碧对梦碧词社和诗词事业的热爱可谓至死不渝,当弥留之际,他对女婿曹长河的遗嘱只有三个字"社务""书",这是何等纯粹而坚贞的情怀！寇梦碧一生在诗词创作和诗词教育中积极提倡大雅正声，广纳天下诗词英才，不辞辛苦地教授学生，为中国诗坛培养出一批批优秀的诗词名家，无怪乎陈宗枢评价他是“倚声抵死为生计，天水悠悠一碧存”。

1990 年 2 月 14 日，寇梦碧走完了他纯粹而充实的诗词生涯，享年 74 岁。海内诗坛一时笼罩在沉痛的乌云之中。寇梦碧的老词友，南方学人周退密在《鹧鸪天·挽天津寇梦碧词人》词中云：“文字缘深已十年，空中寄恨屡传笺。斜街柳色笼愁日，沽上烟波载梦天。 星入海，月沉渊。朝花《夕秀》媲《金荃》。词流百辈垂垂尽，呜咽寒潮不复前。”除对寇梦碧星堕大海、明月沉渊的悼念，更把寇著《夕秀词》媲美于晚唐词宗温庭筠的《金荃集》，情深义重，于兹可见。

寇梦碧一生发奋于词学，张牧石曾评价他：“为词绮怀朗抱，雕霞浣月，审律辨音，细入毫发，皆可为验。中年以还，伤于哀乐，惕于世变，忧思骚怨，所感益深，发为篇章，倍增沉郁。其取径之高，用力之勤，纵观当世津门词坛，舍先生其无二人。”（《夕秀词·跋》）他主持津门吟坛五十余年，赢得“正宗雅词在天津”的广泛好评，与张伯驹并称“词坛双碧”，与朱庸斋并称“南朱北寇”，其伟名永垂于中国诗词的丰碑之上。

2）骚魂还汝千年上——诗词教育家寇梦碧

寇梦碧的一生都与教育有关。1942 年，天津崇化学会重建晚班，王叔扬讲唐诗，寇梦碧讲宋词。他讲词为每周一次，听者云集。他有一绝，词牌调体多能烂熟于胸，平时听人诵读，随时叫停纠错，凡是音律有误之处，全凭感觉察知，他自称“电脑”，既是天赋异禀,也是苦学所得。他不但善于填词,又精于评骘,每能精切要害、深中肯綮,故而为学者所折服。

1948 年夏至 1950 年冬的两年半时间里,寇梦碧又在崇化学会讲《昭明文选》,重点是讲六朝小赋,并编有《骈体文自学读本》,他治学严谨,博洽经史,道藏说部靡不涉猎。《昭明文选》是中国现存的最早一部诗文总集,由南朝梁武帝的长子萧统组织文人共同编选,是旧时学习古文的重要读本,杜甫诗中说"熟读《文选》理"(《宗武生日》),陆游《老学庵笔记》也提到"文选烂,秀才半"的俗语,可见久为文人仰重的经典,也可知讲学《文学》之不易。寇梦碧讲授《文选》,一袭长衫徒手登台,不携讲义资料,可见其博闻强识。日常与人谈艺行令,征引坟典,吞吐六经,驱使老庄,指挥楚骚,奴仆左史,都能随手拈来,巧夺天工,化用无迹,都是以精深的学问为基础的。

他是一位可亲的教师, 据他的学生回忆:"先生的讲解很有特点,一是讲解精,二是形象、生动。"有一次讲解《完璧归赵》,其中有"秦王与群臣相视而嘻"一句,他在解释完"嘻"的

寇梦碧与曹长河(后排右一)、陈云君(后排右二)、于蛰堪(后排左一)

含义后说:“古人描绘人的笑,有很多词汇。‘嘻’是怎样的笑法?我给大家学学。”说完,就模仿起“嘻”的笑法来,引得同学们哄堂大笑。但是,他一生久经世变,尤其是在风雨如磐的岁月里指导年轻人学诗词,政治压力很大,本不是一件轻松的事,他却义无反顾,敢冒天下之大不韪而为之。

1967年春节,曹长河经寇梦碧女儿寇彤援引入寇门,欲拜寇梦碧为师,寇梦碧非常喜爱他的聪慧勤奋,决定收他为弟子,但是有“三个条件”为前提,今日读来,令人心酸:“你如欲学诗词,在天津找我这样的老师不太容易。同样我若想教学生,找你这样的学生也不太多……为了把诗词接续下去,我决定收下你,但是有三个条件:第一,我至今还在学校改造,最主要的罪名就是教年轻人学诗词,宣扬封建腐朽文化,与无产阶级争夺接班人,所以你绝对不可对人提及咱们的师生关系,甚至不可让人知道你在学诗词。第二,诗词是民族传统文化中最精粹的部分,要学习就不可半途而废,须终身事之。第三,我今天冒着前程甚至生命的风险教你,不只是为你为我,还为了不使诗词成为绝学,他日一旦学有所成,遇到恰当的青年人选,无论是什么样的环境条件,也要像我这样对待自己的学生。”可见当时寇梦碧顶着多大的压力。待寇梦碧招曹长河为婿之后,陈宗枢仍作《鹧鸪天》劝诫说:“只缘小草生春梦,又踏杨花过谢桥。”“徙薪未及思传火,冰玉何堪共一焦。”意思是说寇梦碧因为发现了“小曹”又唤起了诗词之梦,忘了自己“改造”的原因,又走上老路,处在危险之中把干柴搬走尚且来不及,还想引火烧身,一旦火起,冰要烧化,玉则无恙。但是,为了“不使诗词成为绝学”,寇梦碧矢志不渝,一片赤诚,难怪陈宗枢后来赞叹道:“我与梦碧相交三十年,谊兼师友。最突出感到的是他对词学的热爱和执着精神。奖掖同道,教导学生,都付以全力。无论在灯红酒绿之场,蓬门绳床之境,灯窗雪户之下,雁口鹑网之间,都念念不忘倚声之道。确能做到造次、颠沛必于是。虽担惊遭谤,上当受骗也丝毫不改此志。"(《忆梦碧》)

王焕墉因与寇梦碧长子仲恂是同学,得拜寇梦碧为师,他曾回忆:寇梦碧教人作诗首先注重积累,每新收弟子,则先问读过什么诗集,再通过一种行"飞花令"(酒令一种)的方法进行考试,看背过多少诗。如没看什么书,也背不下几首诗,便开个书单,教其先回家读书背诗,把他圈过的诗都背下来,再来学。入门学诗时,时常是寇梦碧说上句, 弟子们背下句, 有时他说下句叫弟子背上句,倒着背,看熟悉的程度。诗的题目不用背,但作者的姓名要背, 主要是熟悉他们各自不同的风格。学诗先学五、七绝,再学五、七律, 古体诗不用背,熟悉就可以。如果他圈的诗弟子背不下来, 是要挨批评的,可见传道之严。

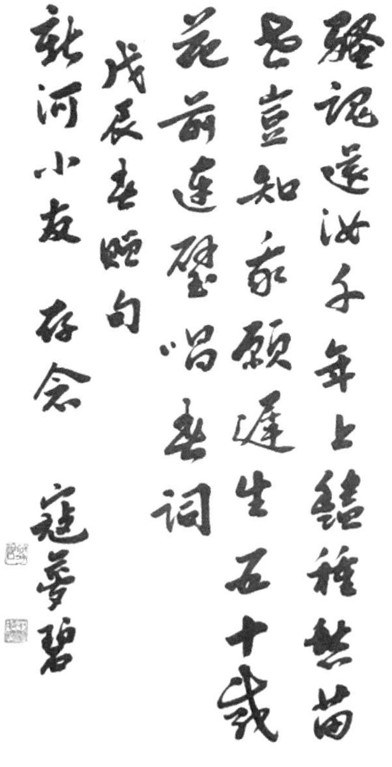
寇梦碧赠魏新河诗墨迹

尽管寇梦碧以梦窗、碧山词为宗, 但并不画地为牢, 教学"从无门户之见"。1974 年秋,经曹长河介绍, 土蛰堪拜寇梦碧为师。王蛰堪说："我在未识先师之前，喜稼轩豪放风格，遣词造语，力求模拟。今既然从先生学，误以为必须改学梦窗、碧山为正途。先生说：'词固有婉约、豪放之分，就如同绘画中工笔与写意，书法中真楷与狂草，只有风格的不同，无优劣上下之分。无论哪种风格，不从基础入手，皆难能臻临妙境。真正善写草书者，无一不从真书入手的。而真书写不好，便欲写草书，故弄狂怪，终是自欺欺人，毫无益处。学词亦然，稼轩才气大，加之其所处时代背景，故而感慨亦深，是稼轩之为稼轩也。今人读书少，题目小，而刻意为稼轩之豪，则难免有叫嚣之嫌。我意先从真书入手，待功夫深到，再学草书、篆、隶为宜，君识得否？'"寇梦碧又曾对他说："稼轩是大家风度，非读书多、感慨深，不易学到。其'绿树听鹈鴂''楚天千里清秋''更能消几番风雨''千古江山'诸阕，千古绝唱，后之作者，能有几人？若其'杯汝来前'则万万不可学，要知大家未必首首好，即如梦窗等人的一些无谓之作，亦不可学。学习前人，宜取其佳处，弃其糟粕，是为善学。"可见，在寇梦碧看来，吴文英、辛弃疾的词作并无优劣之分，只有风格之别，应取其精华来学，此可谓君子有所为、有所不为，学者有所学、有所不学，寇梦碧开明的词学观也由此可见。

寇梦碧对诗词教育的执着一直坚持到生命的最后一刻，他对同道、后学的学术和人格影响，与诗词的文化魅力有机结合，成为传统文化在旧时代阴霾中的一缕曙光和在新时代无边光景中的不绝春雨，给予诗坛鼓舞和滋养。他在晚年写给魏新河的诗中这样说道："骚魂还汝千年上，艳种愁苗世岂知？我愿迟生五十载，花前联璧唱春词。"他的心愿是让中华文化这片千年沃土上滋长更多诗苗，让文化的诗人一代代传承不老。

3)情气文采寻高致——寇梦碧的诗词学思想

寇梦碧的词学思想大致有三个主要方面。

第一是承祧常州词派,标举“意内言外”之旨,其《夕秀词·自序》中说:“虽联情发藻,不出风花,而意内言外之旨或庶几焉。”如其为陈宗枢题《壶中天·琴雪斋夜坐读书图》:“殢人夜色,对瓮天无罅,一灯红补。谁掷小楼图画里?恒把古春支住。汉戟须招,湘累莫问,坐共花虫语。霓裳惊破,鬓丝空织愁谱。　回念内府烧残,天街踏遍,金粉都尘土。边腹纵教留一笥,能贮燔灰几许?藕孔移家,槐根续梦,那便从容去。窗曦渐上,片霞遮断魂路。”词面是周吴体,内里却有深厚的时代感情,抒发的是“文革”后期痛定思痛的特殊情思。

第二是以稼轩之气遣梦窗之辞,追求“轩窗融合”之境。寇梦碧虽以“梦碧”自号而彰显其尊崇吴文英、王沂孙,但是“梦碧”可以说是在特殊年代因时风触感而产生的词学寄托,固然是他词学审美的趋向,却不是他词学思想的极则。1982年,寇梦碧在《逐鹿词·序》中说:“曩予倡为梦碧词社,标举吴、王二家,特纠近人粗俗之习,固未以此为极域。”可见梦窗、碧山二家并非寇梦碧词学思想的最高追求。其在《夕秀词·自序》中又说:“予少耽倚声,初师觉翁,中年而后,拟以稼轩之气,遣梦窗之辞,而才力实有未逮。”正式说明了自己中年以后的终极追求。魏新河认为:稼轩的“情气”与梦窗的“文采”相融合,等于说是沉郁新奇与深婉骚雅的融合,这样的“轩窗融合”,无疑是指出了古今词学创作与批评的最高境界。

其三是写“今人之词”,其《夕秀词·自序》中说:“予生丁桑海之会,既非古人所历之境,自非古人所为之词,或病其陈晦,则亦不复计焉。夫水楼赋笔,几换斜阳,词固当因世而异。苟无新意,纵或雅正典丽,奚足取焉。”《六合小涸杂诗·自序》云:“江山风月,无代无之,诗人下笔,易蹈陈言,若以今人之心体物,则山川风月,自与古异。”其有《梦心篇》诗云:“病叶寒蝉渐不支,战秋魂气已如丝。林梢一抹残阳血,看到幽幽化碧时。”“释迦枉作狮子吼,尼父徒为木铎鸣。我发微声震天地,但从人处叩焦螟。”可谓“今人之心”,自出机杼。

张牧石《夕秀词·跋》云:“先生衡词以情真、意新、辞美、律严为准则。”寇梦碧弟子王焕墉曾将宋人沈义府《乐府指迷》中论列的作词标准与寇梦碧的论词标准加以疏解,称沈义府的标准为“论词前四标准”,即:一、“音律欲其协,不协则长短之失。”二、“下字欲其雅,不雅则近乎缠令之体。”三、“用字不可太露,露则直突而无深长之味。”四、“发意不可太高,高则狂怪而失柔婉之意。”而将

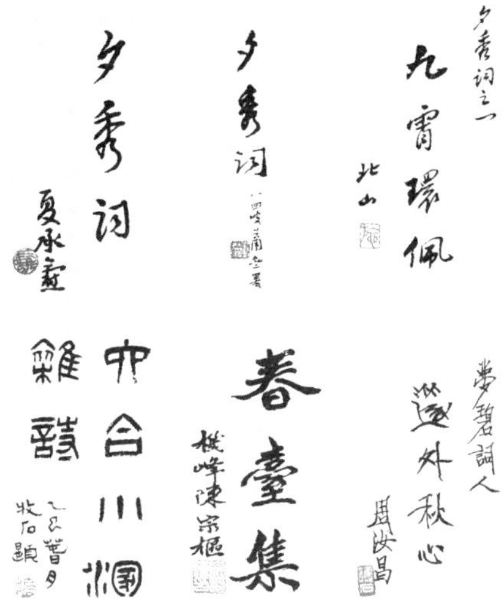

《夕秀词》夏承焘、萧劳题签,以及集中各部分题签(施蛰存题“九霄环佩”,张牧石题“六合小涸杂诗”,陈宗枢题“春台集”,周汝昌题“笛外秋心”)

寇梦碧的论词标准“情真、意新、辞美、律严”称为“论词后四标准”。

“文革”中，为防他人网罗文罪，作诗填词只能通过光怪陆离的意象和辞藻委曲表达，寇梦碧的一首词中就出现了鬼目放光，并在空中张牙舞爪的形象。其自以为实践他“意新”的论词主张，但拿给张牧石看时，张说：“我看这要是诗便是好诗，如果这是填的词，就不像词了。”张牧石并非反对寇梦碧诗词的“意新”，而是强调诗与词的区别，但这也侧面反映了寇梦碧在特殊时期作诗的不得已而为之。

其实，寇梦碧对“意新”的追求更多的是出于主动，除前引《夕秀词·自序》等文中所论诸语，又在《琴雪斋韵语·序》中说：“夫文学之发生，盖以鸣其不平。若灵均哀郢之作，少陵北征之篇，不遘乱离，讵有斯作？当以今人之眼观物，则山川风月自与古异。我辈既非古人所历之境，自非古人所为之诗。”1986 年 4 月，寇梦碧致信王蛰堪，信中说：“主要要求是自出新意，切忌浮泛，要作未经人道语，进入上乘境界，甚不易也，可不勉旃。”寇梦碧对陈陈相因、毫无己意的诗词创作非常反感，王焕墉曾对笔者说：寇先生最反对的就是“习将他人常用之语，反复连缀成篇”。当然，寇梦碧主张的“意新”是要为“情真”服务的。

寇梦碧对“真”尤为注重，其《六合小溷杂诗·序》云：“《六合小溷杂诗》一卷，泰半为八年沦陷、十年动乱时所作……予避兵藕孔，匿梦槐根，间或稍志所感，得截句若干首。其中梦心篇、鬼趣图、海河逭暑诸作，荒艳幽怪，固有违诗教。然既非古人所历之境，自非古人所为之诗，此差堪自许者。”寇梦碧深知自己在浩劫中的诗词荒怪沉晦，有违“诗教”，但仍然“自许”，分外珍视，其原因就在于这些诗词能够反映“真”的诗心。

诗词中的“情真”和“意新”是要通过一定的文学形式表现出来的，所以寇梦碧又强调辞美、律严。有一次，王焕墉对寇梦碧说：“《论语》说：‘辞达而已矣。’作诗填词无非把意思表达出来，并且准确就可以了。”寇梦碧立即反驳道：“孟子说：西子蒙不洁，人皆掩鼻而过之。”意思是，人即使很美，如蒙不洁，不但不美了，还叫人生厌。可见在寇梦碧看来，文学艺术的形式美何等重要。寇梦碧“反对合乎格律而无真情实感，也反对有真情实感的叫嚣”，在教学时非常强调对词的修改，曾对王蛰堪说作词要“反复推敲，认真修改”，“宁可十天作一首好的，不可一天作十首糟的”。其实作诗词主要推敲的就是形式，因为情思主旨基本上是既定的，如何更好地表现，则需要反复斟酌打磨。有一次，王焕墉在《渊鉴类函》中查到一则蛙部的典故：龙王令斩水部中有尾者，故鼍惧诛而哭，蛤蟆无尾亦哭，鼍问其故，蛤蟆言曰：“吾今幸无尾，但恐更理会科斗（蝌蚪）时事也。”王焕墉欲用此典写“四人帮”批算旧账，在诗中以“无尾堪忧”之句表达主题，颇为切意，并以之征求寇梦碧的意见。寇梦碧看后说：“典故虽切，‘无尾堪忧’的分量不足，将‘忧’易为‘惊’。”后

寇梦碧《春晖寸草题辞》墨迹

王焕墉写成七绝《听蛙》诗："向人犹作不平鸣，鼓吹徒劳到六更。倘或龙君追宿欠，须知无尾亦堪惊。"修改之作意新、语新，深得寇梦碧赞赏。

寇梦碧的诗词创作也始终坚守着情真、意新、辞美、律严的准则。他在《夕秀词·自序》中这样解释自家词作的四方面意旨："魂牵曼睩，目送芳尘，一也；扇底邀歌，钗边贯醉，二也；吟侣征题，闲情偶记，三也；雕琢妍辞，自赏馨逸，四也。"无论是哪一类词作，都是他诗词学理想的表现和实践。

其诗词辞新意新，如《蝶恋花·题陈少梅天寒倚竹图》词句云："本是倾城羞再顾。辗转思量，总被婵娟误。对镜妆成心更苦，蛾眉却恨无人妒。"《水调歌头·献给南极考察队勇士们》词云："鹏翼藐沧海，飞渡向阳轮。凿开长夜混沌，人外辟乾坤。振翅企鹅鼓腹，昂首银鲸摆鬣，歌舞献嘉宾。一色皓无迹，万古炼冰魂。　　长城站，红旗拂，映朝暾。宏微世界在手，绝域建殊勋。两万里涛狂吼，十二级风怒扫，龙性岂能驯。打破八寒狱，放我浩然春。"

其诗词情真意深，如《琐窗寒·冰花》词云："雾凇留痕，水精弄晕，小窗微暝。琼妃剪琭，暗把素尘偷凝。误归来、窃香蝶魂，几番错认梨花影。看银云炫巧，黄鱼生幻，一般清景。　　人静。冰魂醒。任自赏幽姿，万妆照镜。凄寒到骨，合与瓶梅相并。奈侵晨、茜帏梦回，粉蕤落尽清泪迸。算宵阑、便抵春残，此意凭谁领。"《金缕曲》词云："瞑入登楼眼。纵斜阳、尽情怜惜，熨愁不暖。楼外浮云千万态，刻意矜奇争幻。尘世与、西风俱换。非雾非烟神州梦，甚而今、梦也和天远。禁几度，海桑变。
华鬘弹指匆匆散。只空余，夷歌野哭，蕙愁兰怨。蒲柳先零真解事，翻惹悲秋人羡。剩孤佩、冷襟谁浣。解道好春犹须逝，问残秋、底事归偏晚。怀此恨，寄杯盏。”

其诗词雅正雄秀，如《疏影·梦痕》词云：“巫阳路阔，渺翠鬟十二，离恨千迭。非雾非烟，疑幻疑真，欲留还又飘瞥。烛花陪泪红心炧，算照到、分襟时节。恨晓风、吹散云踪，片晌旧情都别。　　犹记飘灯影事，贳春浅醉里，芳绪轻撇。帘外残莺，被底残香，那更窗前残月。觉来惝恍无寻处，剩冷蝶、画裙尘黦。对屏山、休数欢期，万一趾离能说。”《水龙吟·放歌》词云：“古愁郁勃填胸，关河纵目迷苍莽。神州一发，齐烟九点，步虚来往。雷挟山飞，风吹海立，精灵摩荡。自夸娥负去，天吴移后，空留得，声悲壮。　　谁辟太初万象。恍当年、巨灵运掌。荒茫百怪，紫扃难叩，恨留天壤。怀古奇哀，纷来眼底，浩歌休放。怕新声惊起，羲和敲日，作玻璃响。”从中可见寇梦碧诗词理想和诗词创作的“学行统一”。

1962年，寇梦碧嘱陈宗枢作了一套《北黄钟醉花阴》散曲，作为词集选抄本的代序，但原稿后来散失。1987年，陈又作《北南吕一枝花》套曲为寇梦碧祝七十寿，其中袭用了部分《醉花阴》套曲原句，全曲云：“您徜徉在六合，啸傲临双柏。草生春梦碧，馆号亥灵胎。经半世苜蓿生涯，喜晚景初逢泰，望君家瑞气来。庆古稀胜会高秋，仰前修同辰异代。（与陈散原翁同辰。）［梁州第七］太常引敦学绛帐，少年游拔帜斜街。嫖姚词笔多丰彩，有欢腾腾精灵百怪。郁沉沉千古奇哀，响当当九霄环佩。锦簇簇七宝楼台，比似那汉随和作个谜语儿人猜。梁孝标把垢谇儿轻挨，问老铁赋弓天雅韵何伤，叹尼山历困屯弦歌不改。效裴公费殷勤桃李多栽，到今日劫过无灾。江山有待，美轮美奂盈阡陌，新天好景泥诗客，恰诗社繁荣法眼开，攒聚多才。［隔尾］记十年风雪舟同载，濡沫寒江唱打孩。君意多奇复多爱，识激情未衰。有知音共谐,更祝多筹阅桑海。"这套曲很好地概括了梦碧词风及其成就。

寇梦碧对于学问一贯诗究穷通、诣终极,并追求学以致用、以用促学。他曾在1980年给孙正刚《词学新探》所作跋文中言道:"古典文学工作者应多研究一些最基本的、又难于理解的知识。"为此,他写过多篇论文发表于刊物,他希望把诗词学的理论和思想运用到实践中,促进诗词创作的发展。如1988年发表的《读诗词随笔》一文中说:"在今天百花齐放的艺坛上,诗词这一朵古花,正在竞秀。其中有不少诗词歌颂现实生活,反映新事物,内容形式都达到完美的统一。但也有一些存在严重的缺陷。"文章中,他以五个例子为出发点,分别分析了诗词创作的利弊。如《八声甘州·咏武汉长江大桥》:"奠神功鞭石涉波涛,峥嵘此津梁。看碉楼西峙,飙车飞渡,下瞰征航。历历晴川烟树,虹影压波光。灯火黄昏后,一道银潢。　指点龟蛇犄角,是旧时天堑,今日康庄。又纵横驿传,五岭接三湘。转江流,众擎一力,便移山填海只寻常。通呼吸,星辰上界,示我周行。"寇梦碧认为:这首词渊雅典丽,气势恢宏,具体形象,尤其开头把神话化为现实,想象新奇。中间描写广袤山川,烘托出大桥的奇丽雄伟。"转江流"一句,表现人民英雄气概。结尾"通呼吸"句,活用和点化了"呼吸通帝座","示我周行"的典故,表现了作者美好的幻想和对未来的憧憬。

又如《咏工人新村》:"窗前新种爬山虎,窗上新装绿铁纱。果是向阳门第好,清风吹遍一家家。"寇梦碧认为:这首诗清新流畅,通过具体形象,描绘出人民住上新房的喜悦心情。前两句是描绘新村的清幽雅洁,实质是景中寓情。"向阳门第"也非泛笔,是写新村房屋,坐北向南。而结尾"清风吹遍一家家",歌颂党对人民生活关怀,更是托喻深婉。这首诗的特色同上首典丽风格不同,是通俗而不滑率,且又具有诗的意境。

又如《庆“七一”》:“万众欢呼党诞生,今年‘七一’喜天晴。国家兴旺民安乐,到处都闻庆祝声。”寇梦碧认为:这首七绝只是调平仄的口语,缺乏诗境,读来干巴巴的,须知写诗不是写顺口溜。

又如《浣溪沙·文明月有感》:“祖国江山一片红,各条战线出英雄。百花齐放舞东风。　　两个文明齐建设,连番捷报奏勋功。戏呼整党换新容。”寇梦碧认为:这首词虽然符合格律,语言通顺,但缺乏形象描绘,没有词的境界和韵味,原因在于作者缺乏实际的生活感受,只堆垛了一些标语口号,如“百花齐放”“东风”“捷报”“两个文明”,等等,都是些空洞的概念,当然也就没有艺术的感染力了。

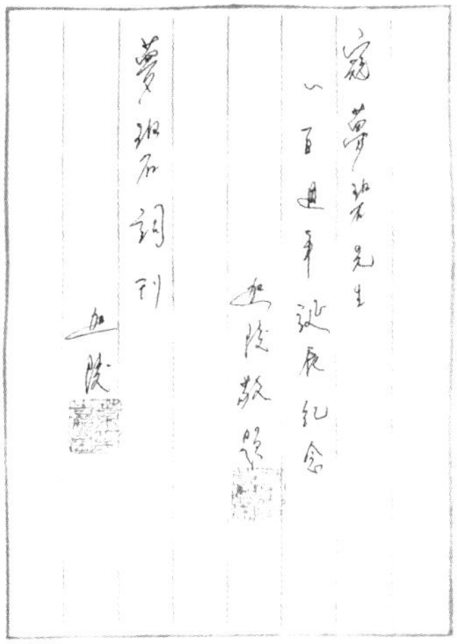
叶嘉莹为寇梦碧诞辰一百周年纪念及《梦碧词刊》题词

又如《歌颂天津建设》:“四化壮志党领导,赤县神州各响应。早出人才喜欣闻,峥嵘岁月机轰鸣。引滦入津慈娘乳,文街、中线、食品城。十亿灵犀心田乐,青山绿水满革情。”寇梦碧认为:这首诗全篇平仄不调,句式、押韵都不合七律格式,最严重的是文理不通,病句连篇,例如词语搭配不对,“党”如何领导“壮志”?

“神州”“赤县”重复，却又加一“各”字，仿佛赤县神州是两个地方；“喜欣闻”，只有“喜闻”和“欣闻”，却没有“喜欣闻”；“峥嵘岁月”同“机轰鸣”不相连属；“慈娘”是自造词；“文街”“中线”文化街和中环线尚未形成简称，也属于自造词；后用李商隐“心有灵犀一点通”诗句，“灵犀”是比喻情感相通，它不能比喻人民；“革情”意为革命的感情，也是生硬压缩的自造词。这首诗，所以出现这些语病，是由于作者缺乏诗词素养，没有驾驭语言的能力，把许多意思，勉强压缩在七个字里，晦涩不通。如果作者认为打破格律，“自琢新词”，就是创新，那就应先把诗作通，不然，无创新可言。可见寇梦碧努力地把自己的诗词理念落实到新时代的诗词创作实践中，他既是一位有高远雅正诗词学思想的诗人，也是一位乐于创新、承上启下的诗学引路人。

在“津门三子”中，寇梦碧是开津门词坛风气者，其诗词创作之雅正，同人结交之广泛，风格影响之深远，使他成为天津现当代文化史上重要的里程碑式的人物。

寇梦碧为曲世林临《寒食帖》扇面

2.绝丽沉哀迈往古
——诗词曲全能的陈宗枢

1)传概赏析称典范——陈宗枢的曲学实践与研究

陈宗枢(1917—2006),字机峰,天津人,出身仕家,祖上有功名,家学渊源甚深,自幼从其父晚清秀才陈冠卿习古诗文,毕生饱读诗书,苦学不辍,终于成为著名昆曲家、诗词家。

陈宗枢

陈宗枢儿时,其父指导他诵读《千家诗》,诗歌琅然上口,使他乐读善念,他的保姆又常携他去戏园观剧或看演员练工排戏,每次归来,他都是手舞足蹈,乐于模仿。他说:“余之一生与诗词、戏曲结缘亦源于此。”从此,他对戏曲的热爱贯穿一生,高中时习读吴梅《顾曲麈谈》,书中备述作曲乐趣,约略言及“自来帝王将相、神仙鬼怪……唯填词家能以一身兼之……屠门方嚼，聊且快事。”此等语恰恰投他所好，他后来唱曲、填曲、串弄皆由此书所启发。就读大学期间即结社研习，勤于学练，结束学业后担任天津公信会计师事务所高级会计师，但是业余时间仍然热心开展曲社活动，致力于曲学研究。他曾跟北昆名伶王益友学习演唱十多年，后又向南昆名师童曼秋、施砚香、徐惠如等问艺，能戏甚多，善于扮演多种角色，小生、老生、武生、净、末的戏码都能上台，擅长的剧目有《山亭》《刀会》《火判》《五台山》《夜奔》《打虎》《探庄》《闹学》《别母乱箭》《激秦三挡》《搜山打车》《草诏》《酒楼》《弹词》《扫花三醉》《惊变埋玉》《乔醋》《琴挑》《折柳阳关》及《断桥》等。

1936年秋，就读于河北省立法商学院（位于天津新开河）的陈宗枢，与王贻祜、熊履端、高润田等都是该院京剧社的成员，因常去劝业场“天外天”剧场观赏荣庆社的昆剧，爱上了昆剧，遂在学院南院宿舍内发起组织昆曲社团，因首次聚会翻检《遏云阁曲谱》，得《牡丹亭·学堂》第一支曲“一江风”，即共同学唱，于是便取名为“一江风曲社”，聘请昆弋老艺人王益友为曲师，为曲社拍曲、教身段，成为昆弋派的一个业余曲会。后迁到社员庞濯江家中，每周排练两次。陈宗枢唱净、武生兼小生，他在回忆当年学曲情景时说：“四十余年前，嗜曲学子，结昆曲社于法商学院南院宿舍茶舍，聘王益友先生任教习，每周两集。课后黄昏，室中笛声清越，与窗下砌虫相酬答，饶有古趣。”1937年春，应天津青年会广播电台之约，该社于每周六晚上清唱播音一次，历时数月，曾播出《仙园》《北樵》《追信》《询图》《扫松》等二十余折，影响广泛，名噪一时，津市知名曲家如姚西园、张吉贞等都纷纷参加，后因抗战爆发而暂停活动。1938年，曲社迁至南开天海路小学恢复活动，除旧社员外，又有朱孟苏、黄秉纶、何福坤、朱经畬等人参加。1939 年，得到第三民众教育馆（即第三文化馆，在北大关河北大街）馆长冯孝绰的支持，在馆内开辟教室，供开锣排练，恢复唱曲活动。同年，曲社辑有《昆曲汇粹》，于九月出版，由王祉延、熊履端、陈宗枢等人编辑，开天津曲友集谱、编谱的先河。陈宗枢为《汇粹》作序文："昆曲创自魏良辅，其调清丽悠远婉转移情。故流风所及遍倾朝野。至叶氏点拍《纳书楹》谱，一时歌者举视为奇编秘籍。顾其书宾白小眼并缺，殊不便于初学。其后诸谱杂出，瑕瑜互见，薪灯相继，各有所宗，迄今俗听飞驰，职竞新异，知音寖尠，曲海凋零。风行各谱类多停梓，间有嗜曲人士觅谱寻声，而坊间可获者惟《遏云阁》《六也》《集成》数种，或卷帙繁多，价值綦昂，或选政驳杂，工尺立异，无论得之非易，复感歧路难从，若是规矩准绳之未具，岂遽能引吭高歌，声情并适哉。本社同人谬托嗜曲之名，敢抱羡鱼之想，爰选晚近常演之曲，遍征通行各谱，旁叩老伶名宿，芟冗正讹，排比成编，都若干出。兹将《思凡》《琴挑》《山亭》《夜奔》数折，三色粗具，先付剞劂，以畀同好。鲁鱼亥豕知难尽免。画虎涂蛇，或可无讥。唯望曲坛先进，箴语时锡，俾得匡其不逮，续赓二集。庶不负提倡昆曲之微志焉。"当时的组织机构是请冯孝绰担任名誉社长，王怡祜为社长，王益友和童曼秋为导师，熊履方司笛，并先后吸收了七馆曲社和工商昆曲社的队伍，人才称盛。曾在青年会和大光明影院等处多次演出，剧目计有《学堂》《游园》《惊梦》《赐福》《佳期》《刀会》《花荡》《夜奔》《火判》《山亭》《瑶台》《惊变》《埋玉》《卸甲》《水斗》《断桥》《草诏》《刺虎》《思凡》《通天犀》等。1940 年，又有于敬熹、刘吉典、朱康侯、李世瑜等先后参加曲社。1941 年初，在东马路基督教青年会礼堂举办两次公演，王益友全局指导,并请马祥麟、王云鹏协助,两次演出的剧目和演员如下:第一次:《草诏》(姚礼门、陈宗枢、王世洸、朱经畲、朱康侯),《通天犀》(何福堃、高尚信、任秉钤),《瑶台》(高润田、何福堃、陈宗枢),《弹词》(朱经畲、王世洸),《闹学·游园·惊梦》(王莳君、胡石麟、王贻祜、陈宗枢、姚西园)。第二次;《夜奔》(陈宗枢),《佳期》(姜韵泉、高润田、孙盛临),《花荡》(何福堃、陈宗枢),《卸甲封王》(王贻祜、姚西园),《刀会》(朱经畲、何福堃、陈宗枢),《烧香·水斗·断桥》(陈芷荫、胡石麟、刘吉典、姚西园、张炳堃、张长铭、钱氏兄弟等)。这两次公演,可称为一江风曲社社员学曲的大检阅。为了演好这两场戏,大家通力合作,发挥了社员们个人所长。1942 年至 1945 年,又每年演出一次,地点在青年会礼堂或大光明影院、中国大戏院等地。1944 年,陈宗枢为报纸写了连载文章《双庆佳剧回忆录》约十余篇,是北昆演剧史的重要资料,其后在动乱中丢失。1945 年 5 月,因担任

陈宗枢(右二)与熊履方(右三)王寿岩(右四)等人合影

教师的王益友病故，童曼秋南下，曲社活动停顿。是年八月，又移至南开天海路小学（社友何福堃任校长）恢复活动，聘南昆老艺人施砚香为教师，北昆高景田为笛师。1946年至1948年，曲社曾与辛巳、开滦两曲社合作，在开滦俱乐部和青年会等处同场演出多次，剧目有《北饯》《打子》《刺虎》《拾画叫画》《水斗》《断桥》《刀会》《游园》《夜奔》《通天犀》《风筝误》等。由于辛巳、开滦宗南昆，一江风宗北昆，一时有"南北合"之美称。最后一次演出是1948年秋，在天津银行公会俱乐部，由朱经畲、陈宗枢、何福堃出演《刀会》。1948年冬停止活动。

1940年，陈宗枢参加工商曲社，该社是朱经畲在天津工商学院及附中创立的，邀王益友教曲，次年在天津东马路青年会礼堂两次昆曲曲友公演中，演出陶派名剧《长生殿·弹词》（朱经畲饰李龟年、王世洗饰李替）和《单刀会·刀会》（朱经畲饰关羽、何福堃饰周仓、陈宗枢饰鲁肃）。1946年，工商曲社与一江风曲社合并。抗战胜利后，一江风曲社恢复活动，也经常在义生里朱经畲的寓所同期清唱。

1956年春，陈宗枢与曲友刘楚青、高润田、朱经畲、李世瑜等参与创立了由天津市人民广播电台曲艺广播团的姚惜云和王家齐倡议成立的天津广播电台昆曲研究社，即"津昆曲社"。社员共四十多人，大多是一江风曲社、开滦曲社和辛巳曲社的老友。1957年，陈宗枢曾主持"津昆曲社"剧务工作，但"反右运动"开始后，该社停止活动。

1962年7月17日，天津市音乐家协会成立了天津市古乐研究会，其声乐组中附有昆曲组，负责人是姚西园。陈宗枢与姚惜云、王家齐、田菊林、王莳君、韩跃华、刘楚青、于敬熹、姚仰之等为组员。后来活动中止，至1981年12月26日恢复活动，并于1982年1月17日在中国大戏院正式组成天津市古乐研究会昆曲组，因业务发展，曲友增多，乃于1985年9月22日扩大为天津昆曲研究会，至1988年7月，古乐会昆曲组停止活动，曲友集中于研究会。1988年7月18日换届选举，投票选出了以刘楚青为会长的五人理事会，其他四位理事是熊履方、陈宗枢、高准和王愓。活动地点早先在群众艺术馆，后在和平区文化宫内，会员有六十多人。自1982年开始，刘楚青主编内部交流刊物《津昆通讯》(油印)，刘楚青去世后，《通讯》由其弟子张家骏主编。陈宗枢从创刊号至第19期(2004年)，不断撰稿刊载，仅第16期因病缺稿。当时，由于会员散居在全市广阔的地区，平时来往不便，因此在总会下又有几个区域性的活动小组，如以和平区文化馆为中心的小组，称为“和平昆曲会”(刘兆宏主持)，以仝秀兰家为据点的河西小组，早在1980年就称为“芗兰馆曲社”，以刘楚青家为据点的城内小组，称为“文竹轩曲社”，以陈鹗家为据点的八里台小组，称为“甲子曲社”，会员可自由参与活动。

《津昆通讯》书影

1980年，陈宗枢与李世瑜、赵浣鞠等天津文史馆昆曲研究会成员参加芗兰馆曲社。芗兰馆曲社是由天津曲家仝秀兰主办的以其家为活动中心的业余社集。仝秀兰别署芗兰馆主，是天津戏曲学校的昆曲教师。到该社参加活动的除天津昆曲名宿、专家、教授外，还有仝秀兰亲自教过的戏校毕业生、南开大学和天津师范大学昆曲研究班的学生。《天津文史》辟有“芗兰馆谈曲”专栏，每期都有该社成员发表的论曲文章，在昆曲界有相当影响。1994年8月27日下午，该社与中国散曲研究会在天津渤田歌舞厅联合举办了首届散曲演唱会，会上，仝秀兰、张悦、陈宗枢演出了《春香闹学》。

《北昆大嗓曲谱》编辑组（前排左起：高准、陈宗枢、任秉钤、李世瑜；后排左起：武书惠、张家骏、韩跃华）

1984年冬，刘楚青与南开大学教授陈䴔邀集了李云凤、渠天凰、高准、王惕、熊履方、杜萍鹃、周文素、孙白纯、曹天受等住在八里台南开大学附近的曲友，组成了一个小型的以陈家为据点的曲社，因岁次甲子，故名“甲子曲社”，陈宗枢、李世瑜、韩跃华等10余名曲友也相继加入，叶嘉莹等学者也曾多次光顾。曲社曾为南开大学师生举办四次昆曲讲座和两次观赏演出。2003至2006年间，在澳门儒商沈秉和的资助下，甲子曲社编写刊印了六部系列昆曲工尺曲谱：(一)《孤云曲谱》，高准编写。(二)《琴雪斋曲集》，陈宗枢作，王正来缮写；《秋笳怨杂剧》，陈宗枢作，周瑞深曲；《秋碧词传奇》，陈宗枢作，王正来曲。(三)《桃花扇全谱》，孔尚任词，周瑞深曲，周瑞深缮写。(四)《北昆大嗓曲谱·上》，编辑组：陈宗枢、任秉钤、李世瑜、高准、韩跃华、张家骏、武书惠。(五)《北昆大嗓曲谱·下》,编辑组同上。(六)《北昆大嗓曲谱续编》,任秉钤编写。其中,陈宗枢为前五部审校功力下得最大,并为《桃花扇全谱》写了序言,为《北昆大嗓曲谱·上》每折戏后写了附记,遗憾的是他抱病初审了《北昆大嗓曲谱·下》,但手已不能写附记了,待第六部编审出版时,他已驾鹤西去。

1990年,天津文史研究馆成立昆曲研究会,陈宗枢与李世瑜、高准、赵浣鞠、仝秀兰等为主要会员,平时以研究撰文为主,为宣扬昆曲艺术而努力。陈宗枢后任天津昆曲研究会副会长。

1994年8月27日下午,陈宗枢以八十四岁的高龄,在全国第二届古代散曲研讨会上,演出了《春香闹学》(扮陈最良)。

从陈宗枢数十年参与各种昆曲社团的经历可以看出,他基本贯穿了20世纪后六十年至21世纪初天津昆曲活动的发展史,他虽为人低调、不敏言语,但是勤于实践、乐于参与,为

2004年11月14日,陈宗枢(左一)最后一次参加甲子曲社活动,与叶嘉莹(后排右三)等曲友合影留念

昆曲活动的推广和昆曲艺术的承继做出了大量的贡献。尤为难得的是，他不但能唱能演，还学究本源，数十年致力于曲学的研究。2007 年，张家骏将陈宗枢青年时期创作的昆曲诗文、给《津昆通讯》撰写的曲学文章、在甲子曲社系列曲谱中的曲学文章及俞妙兰整理的陈宗枢晚年致周瑞深曲家的论曲信札等文章集为《机峰谈曲》，由陈宗枢家属自费刊印。

《机峰谈曲》所收录的曲学文章，或谈曲坛典故、人事记忆，或谈曲学演变、辞谱关系，或谈南北曲风、曲学承继，或谈名剧内容、唱段身法，或谈制曲谱曲、度曲演曲，或谈具体赏会、考辞析句，无不鞭辟入里，恰切至论，诠述审博，精核高谈。如 1985 年所作《读〈牡丹亭·惊梦〉析句书后》一文，见微知著，别具慧眼。之前，寇梦碧在 1985 年第 3 期《天津教育学院院刊》上发表了《〈牡丹亭·惊梦〉析句》一文，多有胜义，陈宗枢读后认为："昆曲是载歌载舞的艺术，表演者必须解达曲词，领会曲意，方能做好适应的身段。《游园》是学昆曲的入门戏，其身段经过几百年来老艺人们的千锤百炼，基本上已与唱词吻合无间，但其词句古奥，习此曲者往往不求甚解……所以我认为像这类《析句》的文章，对习曲者也很有好处。当然这篇分析是以《牡丹亭》原著为对象的案头之曲，终归与场上之曲不同。"于是从几个细节上提出了自己的思考。首先是"借春"和"惜春"的问题，寇文解释"已吩咐催花莺燕借春看"一句是"想象春香可以吩咐莺燕，而莺燕也可以催促花开，春之神为了让丽娘饱赏春光，把韶华也可预借给闺中人看。"陈文则指出："当前在场上演出，春香念白'已分付催花莺燕惜春看'，与原著'借春看'不同(根据徐朔方笺注本)，对此，俞平伯先生曾有专文论及，说"惜"字有异读别解。梦碧文中按'借春看'来解释，颇能言之成理。我想此‘看’字似含有‘试试’的意思，如李商隐《无题》诗‘蓬山此去无多路，青鸟殷勤为探看’，苏轼《贺陈古弟章生学诗》‘我亦从来识英物，试教啼看定何如’两诗中‘看’字亦同此意。”这样“借春看”就是“试着借来春色”的意思，陈文结合诗句中“看”字的释义，作为寇文的有力补充和修订，很具有说服力。其次，是这句唱词该谁唱的问题，陈文说：“丽娘打扮完毕，步出香闺，全身已现，按汤氏原文，春香说：‘今日穿插得好’，丽娘接唱《醉扶归》：‘你道翠生生出落的裙衫儿茜，艳晶晶花簪八宝瑱。’梦碧此文就是因此立言的。演出本则由春香夹白‘小姐’，接唱此两句，过去就有人指出这样改法与曲文不合。个人认为，为了活跃场上气氛，使春香能有戏，这样改动原无不可，据张相《诗词曲语词汇释》‘道’字第七解作为语助辞，‘只以加强语气，无意义。’这句唱词，作为春香夸赞丽娘锦装玉裹之美，也还说得通。（当然张相所举之例不尽合拍）由此引出下文，丽娘接唱：‘可知我一生儿爱好是天然。’意思是：‘我就是爱美，爱打扮，这是我的天性使然。’此‘好’字梦碧已指出读上声。证以腔格用‘の上尺’确非去声‘尺上の’，可知当年谱曲者所见略同矣。”“你道翠生生”二句究竟是谁唱，本是非常小的一个舞台细节，但是陈宗枢结合句中“道”的理解，提出自己的看法，这是以舞台经验和对唱词深入的思考为基础的，至于“好”字读上声，寇文虽也如此指出，但陈文证以腔格，并释句意为“我就是爱美，爱打扮，这是我的天性使然”，比寇文解释为“尽管有人认为打扮得富丽丰艳，可我爱的是天然美”更为恰切。这类例子不烦多举，已可证明陈宗枢曲学研究的深入精确。

陈宗枢的文章大多能结合实例，分析井然。亦有宏论者，如《机峰谈曲》所录《谈曲絮语》以及散见于其他书刊上的《京剧源流浅谈》《影印〈曲海总目提要〉序》等文章则为提纲挈领之作,又如 1991 发表的《井台会子白兔记》,结合刘知远故事的源流,分析了该故事在说话艺术中的粗枝大叶,在讲唱文学中精雕细刻,在戏曲剧本中的修饰润色,结合曲史曲学,分析各本异同,引用罗列,条分缕析,宏观与微观并举,对同类研究具有很大的借鉴意义。有的学者只善于高屋建瓴,困于解决具体而微的问题,也就不能从实践中来,到实践中去;陈宗枢的曲学研究,既能得宏大之致,又能具体而微,实为难得。

陈宗枢《机峰谈曲》书影

1992 年,南开大学和天津人民出版社约请陈宗枢撰写《佛教与戏剧艺术》一书,列为“佛教艺术丛书”的一种。陈宗枢虽然常年研究戏剧,但是本没有佛教信仰,为了写好这本书,七十多岁的他工作之余跑遍图书馆、书店,查阅各类资料、文献,有一段时间竟捻起佛珠。正是这样的认真和投入,使该书成为佛教与戏剧艺术研究的重要著作。陈宗枢说:“把佛教和戏剧艺术并在一起来探讨是一个新的命题……迄今所见的戏曲史和戏曲论著对这个命题多是浅尝辄止。对有关佛教的剧曲除名驰中外的目连戏外也很少涉及。”陈著正是以严谨的论证和丰富的素材将这一系列长期待解的旧问题当成新问题加以解

陈宗枢《佛教与戏剧艺术》书影

决。陈宗枢认为:“宗教与艺术由于在历史的长流中相互撞击,必然要产生千丝万缕的联系……中国戏剧成熟期较晚,但在它的孕育、形成和发展的过程中,就它所受佛教影响而言与梵剧相比,显然是有过之而无不及。”(《佛教与戏剧艺术·前言》)研究佛教和戏剧艺术之间的关系有历史基础,能够有的放矢。

全书十六万六千余字,分上下两卷,上卷“传概篇”以“梵剧简介”“中国戏曲简介”“佛教对戏曲形式的影响”“佛教对戏曲内容的影响”“佛教戏剧的分类”等话题为切入点,介绍了有关梵剧和中国戏曲的基本知识,着重探讨了佛教对戏曲形式和内容的诸般影响,是偏于理性的一部分,而下卷“赏析篇”则选取与佛家思想有关的剧作进行赏析,取主题思想相近的划分为一类,共分“《舍利弗》《龙喜记》及其他”等十九类,参照书目解题的体例,先叙剧情,后摘录前人评语及作者的见解,为“传概篇”中的论点提供例证,相互呼应,以便读者在鉴赏剧作的过程中了解佛教影响在不同的戏剧体制间、不同的社会环境下以及不同的剧作者笔下的发展变化轨迹。全书举重若轻、胜义迭出,在茫茫曲海中撷贝取珠,既有翔实的内容,在研究方法上也提供了借鉴的意义,这与陈宗枢对曲学的一贯思考有着紧密关系，正如他所说：“剧作者旨在娱世喻情，取材多缘古事，而旧说纷纭，每需取精汰冗，点化傅采。究其机杼，实与江西诗派夺胎换骨之法相符。读者比较玩味，可悟熔铸剪裁之法，大有益于文心。”（《佛教与戏剧艺术·前言》）所谓取精汰冗、点化傅采、夺胎换骨、比较玩味实在是陈宗枢一贯的曲学思想，也是他由数十年实践所得的宝贵经验，难怪他自己就是悟而得法、有获文心的代表。

陈宗枢以业余爱好为出发点，数十年孜孜不倦，竟至于达到如此精深的专业水准，令人叹为观止。他的一生都在爱好与乐趣间寻找高雅的趣味，安排多彩的人生。他大学学商科，做了一辈子会计师，但他仅以此为吃饭的职业，也正是这枯燥的职业，他却也做得有声有色，甚至有些技近乎艺的色彩，七十一岁退休后又被聘请到会计师事务所工作，八十多岁时说起财务报表上的数字还如同背诵文章。他是一位中西融合的学者，生活上却很“西化”，喜喝洋酒、咖啡、红茶，爱吃西餐，既精通英语，又兼学俄语，和外方谈合资专案也从不用翻译，在家庭教育上也比较先进，常给孩子们讲狄更斯、雨果等外国名著，但却一生执着于承继传统文化，以国学为滋养，竭力研究昆曲、诗词。“文革”期间，他因受到冲击，一度精神抑郁，之后，被单位重新重用，心情较为舒畅，又重燃其对毕生钟爱的艺术事业的信心和热忱。他的一生，都以传统文化的学习和研究为精神支柱，以曲学的继承和发展为己任，是天津乃至全国现当代曲学的典范。

2)惜取宫商玉笛传——陈宗枢的昆曲创作

陈宗枢在曲学上不但长于唱演和研究,还以创作闻名,既擅长散曲写作,又是少有的套曲创作名家。现代以来,诗词家中能作曲者本就不多,又常见词、曲不能兼胜的情况,因为词和曲在形式上十分接近,在韵味上又大有不同。陈宗枢在给周瑞深的信中说:“足下与我均为私淑吴门(按:指吴梅)者,我认为吴氏之曲尽扫明清散曲绮靡庸俗之风格, 其北曲则不能得元人当行出色之绝诣。近人顾随先生有北杂剧数种,其佳者直入关、马、白、王之室,惜不作散曲。据我所知吴门弟子最出色者应为卢冀野(惜才大而疏,北曲中多有在关键处,以入派平为仄者,失律),曲作甚多;任二北论著甚多,未见曲词集;王季思印有《王季思诗词集》,集中只有南北散套各一,小令《醉南歌》八首……吴白匋闻有曲作,我与其弟子李晓(改编上昆《长生殿》)有一面之缘,见过吴氏改作之《佳期》“十二红”(甚佳,但身段全须重排); 王西征去年逝世,我与其女相识,但不知其曲作曾印行否。总之,曲本不如诗词尚稍能得人重视,而瞩目于奢靡他室,徘徊于室外者,您我之外恐颇难觅其人也。”陈宗枢关注曲运的兴衰,是诗、词、曲创作的全才, 更能做到诗境、

陈宗枢伏案创作

词品、曲韵各擅其体。

陈宗枢的散曲俗中透雅，声纯韵厚，富有奇思。如《北仙吕寄生草·蜡梅花》："取意裁绡护，殷勤剪蜡封。暖香儿不待春风烘，冰心儿自耐繁霜冻，蜜房儿欲引浮酥动。无言自守息妫心，招魂待入师雄梦。"中间三句形象如画，尾二句含不尽之意，殊堪吟玩。又《北仙吕一半儿》描写浩劫中的老师："五花爨弄任猢狲，上可凌虚下委尘，高介莫夸席上珍。为身存，一半儿恓惶一半儿忍。"举重若轻，形象中透出悲凉和愤恨，化沉郁顿挫为寻常口语，更觉深沉。又如《北仙吕寄生草·邻家有鸡善斗，曾下场博采，因连日夜鸣，主畏不祥，杀而烹之，戏为词以吊》："非我无情义，是你祸自招。你也曾登场拔帜前驱效。长鸣唤曙扬高调，冠红振翅迎东照。只为俺深宵秘事怕人知，你偏要荒时连夜咕咕叫。"言外之意，讽喻之旨，以小见大，可谓社会人心某种可笑可悲的阴暗面的十足写照。另有一些散套曲，起承转合，摇荡多姿，如《北般涉调耍孩儿·外星人》："早五更敲罢谯门漏，这鬼天气将人僝僽。日观峰游客枉凝眸，夜深沉无尽无休。猛然间闪电冲天起，化作个飞碟上下游。这奇事传闻久，只不知这无名怪物，来自那(哪)座星球。[五煞]我是个外星人，驾飞车到此游，传音朗朗来碟后。语言清楚能达意，机括神奇巧运筹。恰今朝欣相逅，我待把家门自报，愿诸君切莫担忧。[四煞]我居住在长乐乡，工作在如愿州，无边智慧天生就。多番奉命巡星道，几次为功在地球。何曾晓争和斗，说甚么星空大战，全是老威尔士胡诌。[三煞]说超人麦克是少年，叔叔马丁是老头，雷同机杼凭虚构。太空哑谜谁曾解，星际交通早挂钩。君知否，帮上帝修过伊甸，助挪亚造过方舟。[二煞]那刑天犟性情，因抗上丢了头，为他乳间装眼脐添口。普洛米修斯传火遭天谴，助他脱却天刑得自由。记那年逢天漏，助女娲修补，炼过石头。[一煞]僰人棺在峭壁悬，胡夫塔仿金字修，俺也曾暗中相助功成就。埋名隐姓无牵挂，马迹蛛丝任索求。休嫌丑。并非是表功夸好，端的为点破因由。[尾]有因缘，巧遇合，守清规，难露头。你问我面庞丑俊身肥瘦，任凭你怎么想来怎么有。”其想象之奇特，题材之新颖，此前所无有，而韵味淳正，风调绝不出格，更是难得。尤其是“二煞”，其实是对历史和人世的思考。

除此之外，陈宗枢还善于将曲学人事典故和自己对曲学的理解与对曲运的思考写入曲中，如《南仙吕解三醒·贺扬州广陵曲社成立》：“广陵对宏文不朽，画舫录韵事长留，是邗江自古钟灵秀。开汐社，聚吟俦，有千家歌吹传佳奏，十里烟花助胜游。渊源久，畅好是火传梁魏，乐府风流。”“忆歌台重宁寺口，演梨园苏唱街头，盛名远播非虚谬。老徐班底老金喉，更怀庭新谱清工守，冷板传歌继虎丘。底事乾嘉后，渐凋零曲海，一缕堪忧。”“沐春风千红争斗，护国香九畹须求，喜振衰起废同心有。赓磨调，继中州，抵多少桃衣扇底宫商旧，属玉堂中韵律幽。齐翘首，愿套联南北，共唱新讴。”第一段开始写扬州曲学源远流长，第二段转入对乾嘉以后曲海枯竭的慨叹，第三段写对曲运振衰起废的信心，尤其是期待南北曲学联合，体现了他曲学融合的进步思想。他曾在《北双调新水令·祝天津诗词社成立》中说：“任你学李杜，效苏黄，翻别谱新腔，第一是情真韵雅耐参详。说甚北胜南强，分甚宗派门墙，可怜无补费周章。”可见，在他看来，曲学的第一要义是“情真韵雅”，诸如名家风格之差异、南北宗派之别裁，都不应成为曲学的樊篱。

陈宗枢的唱演虽然主要属于北昆，但他的思想是融通开放的。从情真韵雅的美学追求到融通开放的曲学思想，都可以在他的创作风格中找到证明。其中最具有代表性，也是最为知名的要数遵张伯驹所嘱而创作的整套本《秋碧词传奇》。

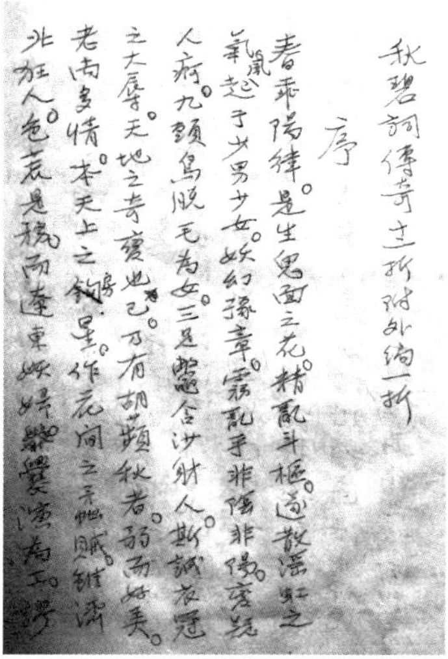

陈宗枢《秋碧词传奇》手稿本

陈宗枢于 1964 年春与张伯驹相识，当时张伯驹在长春，回京过春节，节后来津小住，天津词友设宴款待，席间有吴玉如、冯孝绰、寇梦碧、孙正刚、陈宗枢、张牧石等人。其后张伯驹与陈宗枢交往甚多，知陈宗枢会北昆路《别母乱箭》，张氏自己即喜演此戏，系余派亲传，遂主动教其改学京路，因一连说戏四个晚上，唱念做打，一丝不苟。而后来由陈宗枢创作《秋碧词传奇》，还要从张伯驹和胡蘋秋的一段词坛典故说起。

胡蘋秋（1907—1983），原名邵，别署芸娘，安徽合肥人，早年任职于张学良军某部，后经辗转，于 28 岁官至骑兵军少将秘书处长。曾亲历西安事变，为谋释张学良，随何柱国面谒蒋介石，又随何密访延安，得与毛泽东晤谈。1949 年投诚，任西南军区京剧团导演，转业后为成都新声剧社编导。20 世纪 60 年代初为山西省晋剧院编剧，也是京剧名票，于诗词唱和颇显奇才，创作数量之富为当代罕见。词学造诣尤深，下笔风采飘逸，颇有周邦彦、吴文英遗韵，尤其擅长才女词曲，婉情绮怀，令人迷惑倾情。1963 年，与杭州著名词人、张伯驹好友周采泉在福建南平创办的《乐安词坛》上唱和诗词，而周把“蘋秋”误看成“秋蘋”，疑为女诗人。胡蘋秋将错就错，且因长期票演旦角，对于才女心情、言姿语态素有揣摩，很快进入角色。遂以女性身份、口吻继续在《乐安词坛》上发表词作。其才思之敏捷、辞藻之丰赡、学养之深厚、意境之新美，名震江南。福建南平陈守治，字瘦愚，早年曾参加过张伯驹在北京组织的稊园诗社，因倾倒于胡词，便赋《蝶恋花·代柬芸娘女词家，请加入乐安词坛》发表。1964 年，张伯驹从《乐观词坛》上读到了陈、胡唱和的《蝶恋花》词，颇为激赏，作《蝶恋花·柬胡蘋秋词家》：“笑挟江河杯酌斗，不栉才人，吐唾珠玑口。寂寞词林千载后，当年漱玉而今又。　半世春游成一叟，却对梅花，输与东风首。愿结岁寒图里友，扬镳分作雌雄手。”将胡比作李清照，且表达联结词缘之愿。张伯驹四海闻名，胡既与其兴趣相投，遂唱和不绝，情意缠绵，虽“文革”中竟也未曾间断，后积稿四巨册，名为“秋碧词”。1974 年，张牧石以真相相告，明言胡为年逾天命之年的男子，但性情笃厚的张伯驹坠其彀中，坚之不信。张伯驹屡欲与胡一晤而不得，惆怅百结，难以排遣，遂请陈宗枢作《秋碧词传奇》以志遇铭感。陈宗枢以张、胡唱和情节为基础，结合张伯驹缱绻深情，乃虚构情节，衍为昆剧十二折，剧中生、旦化名为庄莼碧、古月秋，并遵张伯驹之嘱，以庄莼碧因苦思成疾而亡故作结。张伯驹以“生”角为寄托作自挽联：“历名山大川，对金尊檀板，满径花，绿野堂，旧雨春风，骏马貂裘，法书宝绘，渺渺浮生，尽烟云变幻，屠狗千年何足道，俊才老词人，浊世佳公子；认清冰洁玉，证絮果兰因，粘天草，红豆树，离肠望眼，灵旃梦枕，泪帕啼笺，绵绵长恨，留秋碧传奇，求凰一曲最堪怜，还愿为鹣鲽，不羡作神仙。”实为夫子自道，为陈氏写入剧本。张伯驹去世后，此联名噪学林，而这一知名的对联最初其实是这样随剧本产生的。1971 年春，经陈宗枢巧构奇思，《秋碧词传奇》初稿写成，张伯驹特来津阅读，非常惬意，与津词友数人尽一夜之功抄录两份，翌日返京，送萧钟美、黄君坦、吴则虞诸人阅看。吴则虞遂题诗四首，其一云："傍地雌雄谁可谙，曲中人似梦中酣。有家未必无深思，须信疑男本是男。(剧中有"疑男"一折，叙庄生之夫人闻友言古月秋为男，举以告庄，庄不为之所动等情节。)"

又过一年，张伯驹最终得知真相，也只是一笑了之，其后他与胡又有通信，劝胡自省，但胡似乎不以为然，张伯驹曾在给友人的信中说他曾在信中对胡"示以佛法谓忏悔为大功德，觉悟为大智慧，于忏悔中求觉悟"，而"彼覆信不悟，反述及彼三十岁即膺少将职，与名演员各地会演，男作女装，乘火车以红巾掩口，及遍与名流唱和诗词等，犹眷恋余荣故艳，则知词人实系小有才而大无品者。但此一揭破，大解我之症结，我原以既不能负潘素，又不能负彼，纠缠于心，今则与潘素患难白首，以终余年，易箦之时，心安神足矣。"陈宗枢于是又作《秋碧词传奇·外篇》一折，略述狮子国王李煜应李清照、朱淑真等历代女词人

《秋碧词传奇》封面，冯星伯题签

之请，招来词人寇六符魂魄，审理古月秋冒充闺阁、玷污词坛一案，古自认不讳，经判由历代女词人连同李煜奴嫔群殴一场以示惩戒。外篇与正剧十二折合录一卷。“文革”后，胡曾去北京拜望张伯驹，得以阅读《秋碧词传奇》，亦一笑而已。张伯驹去世后，胡曾作《金缕曲》为挽词，有句云：“相知二十载交如故，为痴情，欺方负疚，感君曲恕。”其实表达了对张伯驹的哀悼和愧疚之情。

《秋碧词传奇》因记载了这样一段文坛奇事，且文采佳胜，声闻海内。张伯驹也曾赞赏说：“于绝于今成鼎峙，桃花扇与牡丹亭。”将此传奇故事，与《桃花扇》《牡丹亭》二名作相媲美，并誉为“三绝”。剧中佳段颇多，如“问病”一折中古月秋唱：“[北般涉调哨遍]到死肝肠犹热，鱼沉雁杳休惊怯。疑事任纷叠，识浮云皎日长遮。漫咨嗟，君我身本无垢，思本无邪。偏作就锁骨连环结，又怎忍终生离诀。密重重情麻已种，利铦铦慧剑争截。须吞针证取转轮身，虽不语难持净心偈。剩一点痴情，千数恒沙，三生慧业。”可谓缠绵悱恻，感人至深。又“前梦”一折中写古月秋遥思庄莼碧，欲见不能，求之梦中，又于梦中见李清照、朱淑贞、贺双卿三位女词人魂魄，李清照唱：“[桂枝香]潜心词赋，嫁郎君淹通今古。人道是佳偶天成，谁知道良缘天妒。遇干戈乱离，遇干戈乱离。凄凉嫠妇，黄花帘幕，一身孤。蜚语传身后，多才妄受诬。”朱淑真唱：“[桂枝香]姻缘违忤，芳华虚度。念到花市灯宵，令我牵肠挂肚。便新词韵娆，便新词韵娆。寸犀寒吐，怕帘隙横波微露。意何如，哀咏肠先断，幽栖梦亦孤。”贺双卿唱：“[桂枝香]多情才妇，偏配个无情伧父。问前修不懂才人，谁似我一生惨酷。把琴音自调，把琴音自调。逢君之怒，横施夏楚。困蓬枢，片叶传心素，秋风病未苏。”简直就是三位女词人一生的高度概括。其后三女词人同唱:“[不是路]异代何殊,女子多才便是辜。冤谁诉,情缘总被才缘误。你看碧模糊,辽天空自悬青目。暗泪回穿九曲珠,思量误,同心枉锁连环骨。恨留千古。”则是历代女才子的“千红一哭”,难怪古月秋感叹道:“原来千古才媛,一般厄运。”而浩劫中文坛劫数,又岂非如此。寇梦碧在《琴雪斋韵语·序》中说:“《秋碧词传奇》演张伯驹、胡蘋秋唱和事,虽为一时戏笔,而劫中抑郁之气,盘纡于红牙玉板之间,所谓春行秋令者。”又在《秋碧词传奇·序》中说:“穷搜色界,分来三梦三魂;力补情天,搏出一秋一碧。虽曰遣此幽忧,实亦慰其痴抱。”可知陈宗枢在撰写这部传奇之时,看似游戏之笔,其实专注之作,也是别有寄托。而像这样的唱段,其内容标格其实已经超出了本剧主题之所限, 既是全剧有机组成部分,单截出来,也允为佳篇。

当初,张伯驹欲请人以传奇的方式记录秋碧词缘之时,正处于情深意笃的状态之中,故而他能约陈宗枢操笔为之,也足见对陈的青睐和信任。正如寇梦碧所说:“吾友陈子机峰,白云自悦,清风拂人。日月烂乎胸中,文章妙于天下。灵风扇地,放九幽蜂蝶之魂。巨刃摩天,割三霄风鸾之羽。既而慨渝阴之薄日,灵琐难陈;谱艳雪之清歌,心光自展……丛碧词人,虽葳蕤之锁已开,而芭蕉之心犹卷……霓裳此日,举世惊鼙鼓之声;粉墨他年,一笑堕沧桑之泪。”(《秋碧词传奇·序》)既高度评价了陈宗枢及其《传奇》,也揭示了张伯驹和陈宗枢之间的知音共感。

陈宗枢又有整本《秋笳怨杂剧》,共四折,演清代吴兆骞因科场案远戍宁古塔一事。寇梦碧曾说:“其中‘兴狱’一折,写吴被挟赴试于刀矛森列之中,震栗不能成字。实寓浩劫中之莫须有冤案。此折模绘逼真,足可惊神泣鬼,殆以他人酒杯,浇自己垒块,故能沉挚刻露如此。”(《琴雪斋韵语·序》)正如寇氏所言,剧中描写吴兆骞(生饰)受枷锁赴考场,胆战心惊,有唱词云:“[混江龙]说甚么文星照命,吉星一霎换灾星。抵多少悬梁穿股,抵多少映雪囊萤。恁道那名世文章真有价,怎当得伤人谣诼太无情。指望着步青云名登甲榜, 刬地里系黑锁身入公庭。只为他变起春闱施夏网,断送俺才俪三都继两京。端的是薏苡明珠成谤毁,流言蜚语害贤能。只见那碧磷磷堂上灯光凄闪耀,冷森森阶前刑具列纵横。这边厢摆列着长枷重杖,那边厢摆列着铁链麻绳。重沉沉铜夹棒惊心动魄,寒凛凛鬼头刀带血含腥。堂上官声容峻厉,阶下卒面目狞狰。则这诗书策士寻常见,斧钺衡文那(哪)惯经。好教俺跼天蹐地,止不住,战战兢兢。[油葫芦]适才间座上喧呼唤姓名,生死簿,凭注定。几曾见矛头剑首试才情。怕今朝雕龙手,患了折肱病,飞毛腿误入迷阳径。便登台只望乡,又何意赋登瀛。可甚么嘤鸣鸟叫催春景, 怎知俺凛凛履薄冰。”则一介文人无助、矛盾、懊悔之杂陈五味, 全都在唱词中进行了充分的心里独白, 而文人的遭遇, 千古可见于一斑,文运的兴废,古今则同于一理。所以, 寇梦碧又说:“夫文学之发生, 盖以

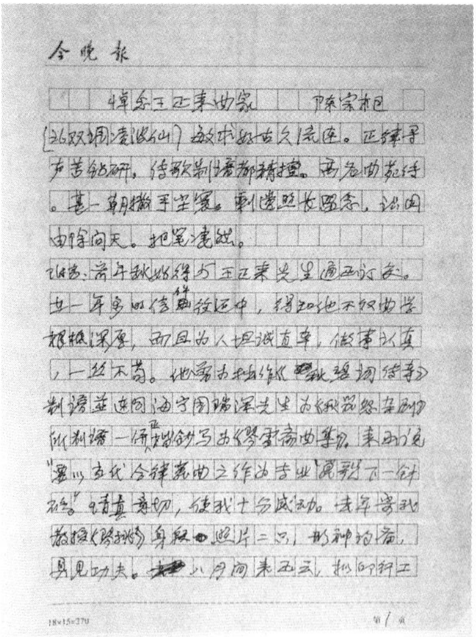
今晚报
悼念王正来曲家　陈宗枢

陈宗枢《悼王正来曲家》手稿

鸣其不平。若灵均哀郢之作，少陵北征之篇。不遘乱离，讵有斯作？当以今人之眼观物，则山川风月自与古异。我辈既非古人所历之境，自非古人所为之诗。机峰以深沉之哀阅世，以赤子之心体物，故凡一山、一水、一花、一草胥为劫中悲惧笑怒所蒙染。阅者于赏其芬馨悱恻而外，往往觉有一大幻弥天之世相在焉。故予题其集云：'谁能写此世相图，绝丽沉哀迈往古。留取卷葹不死心，嚼血喷天散花雨。'"（《琴雪斋韵语·序》）陈宗枢这些意内言外、寓言高深的作品，在今天乃至以后读来，仍有很强的历史和现实意义。

1971 年，曲家王正来曾为《秋碧词传奇》制谱，并连同经南昆名家周瑞深制谱的《秋笳怨杂剧》一并正楷抄写，合印为《琴雪斋曲集》。但因为当时的特殊环境，想要上演绝无可能，而其剧本也随着时间飞逝而流布不广，人们虽然常常谈及，但读过之人为数绝少。寇梦碧曾作一首《沁园春》，小序中说："……陈宗枢兄曾为编昆戏《秋碧词传奇》，余为之序……孰意时逢河清，丈（按，指张伯驹）遽而下世，此戏遂亦成广陵散绝矣。"其词云："三千世界，十二辰虫，作如是观。甚忽南忽北，兔能营窟，时钗时弁，狐竟通天。宛转秋心，瞢腾春思，苹末风生井底澜。千秋恨，枉惠斋才

1991 年 9 月 22 日在南开大学工会礼堂演出《单刀会》，陈宗枢饰演鲁肃

调，一例蒙冤。　也曾爨演梨园，奈生旦相逢各暮年。笑优孟场中，虚调琴瑟，叔虞祠畔，浪配姻缘。纸上娇花，床头病骨，打碎葫芦定爽然。凭谁力，待唤醒痴梦，勘破情关。”王正来在给陈宗枢的信中也曾说：“大作《秋笳怨杂剧》环诵再四，无任钦佩。是剧选择宫调、组合套数、结构排场俱佳，平仄合律，词采斐然，剧末尾声幽怨宛转，回味无穷，尤妙，诚佳构也。振兴昆曲之难，首先是能写合律之曲的人才匮乏，如先生之才，可谓寥若晨星，此亦时代使然。”

的确，在传统文化复兴的今天，复兴之大任还很艰巨，像陈宗枢这样的昆曲作手也实属罕见，这让我们更加珍惜他的遗作。正如哈珮在诗中题咏道：“春风一例临川梦，惜取宫商玉笛传。”（《题秋碧词传奇》）陈宗枢的玉笛宫商，实在是值得后人珍惜和学习的。

陈宗枢曾自述：“余最钦服吴瞿安先生《霜厓曲录》，取以为作曲典范。惜学养不足，终未能升堂入室耳。虽然，私意以为拙作韵语中曲固差胜于诗词。”（《琴雪斋韵语·自跋》）他自言诗词不及曲，是自述对曲学钟爱之言，实为谦逊之词；而其诸作之中，特色最为显明的也正是曲，有大珠小珠落玉盘之致，使人读之常有音声渐起、跃跃欲试之感，仿佛脱口即将唱出，不禁感叹其真作手、真善弄笔者也。

3）旁搜远绍写诗怀——陈宗枢的诗词研究与创作

陈宗枢求学于法商学院，执业会计，于诗词一道本无师承，少年时读《唐诗三百首》、胡适《词选》、王国维《静安词》等书，“似懂非懂，率尔操觚，不娴韵律”，待到在河东中学读初中三年级时，张皞如教授文学简史课，对他颇为垂青，每次课作必列为“最优”，他遂出示诗词习作请求评改，甚获教益。张皞如(1878—1934)，名穆熙，以字行，曾创办多所学校，任《华北日报》社论主笔，任教于南开中学、南开大学，毕生多次从政，著有《心声集》等。陈宗枢从学张皞如时间虽短，获益却丰。一年后，陈宗枢考入河北省立第一中学校高中，张皞如亦离校休养，翌年因病逝世。当时，陈宗枢对张皞如的了解并不是很多，只觉得他上课旁征博引、声音洪亮，显然是饱学之士，作诗风格近陆游，曾嘱陈宗枢要多读诗，教其学《剑南诗稿》，又知他倡导人学，著有《王阳明》《国文讲义》。张皞如去世后不久，陈宗枢写有《张皞如先生诗》一文，简要评述了“以气魄为尚”的张皞如诗。“文革”后，陈宗枢读到周恩来《面壁十年图破壁》一诗，题为“别张师皞如”，才知道张皞如是周恩来南开中学的老师。

高中时，陈宗枢的诗文创作水平已经非常高，其发表在天津中学《铃铛》学刊和《津中周刊》上的诗词、论文、小说等，已经极其老成，简直不像高中生所能为。如作于1933年、发表于1934年第3期《铃铛》的《菩萨蛮》词：“夜深炉烬疏星上，窗冷独卧流苏帐。灯影漏更寒，泪妆啼梦残。梅新寒食月，菊老压枝雪。塞北风频吹，待君竟

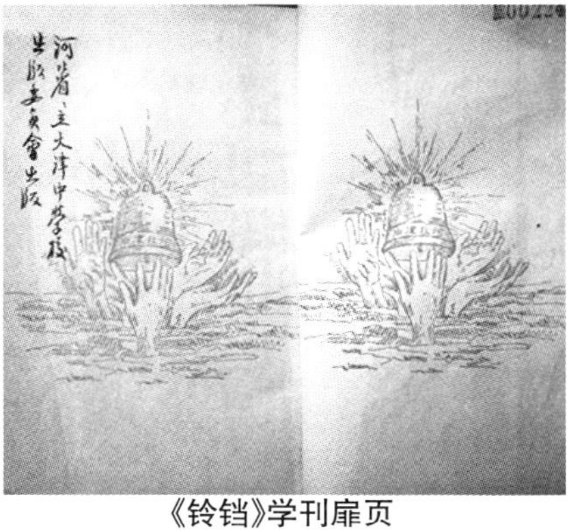

《铃铛》学刊扉页

不归。”“箫箫风急吹平漠，霜冷深锁千林白。鸿雁竟南翔，心惊草木黄。　　枯树飘败叶，高岭重戴雪。故景尽成空，尘烟绕绕中。”意境绵长，格调深远，虽属于拟古之作而尚无个人风貌，但已深得花间词髓。其晚年自述“高中时念过《白香词谱》，但未学填词，及见王静安词，心焉好之，始试习为小词，故不足观”，则实在是谦逊之辞了。

当时社会板荡，人心不安，陈宗枢也把对时局的担忧和对战胜的热忱写入诗中。如《狂风歌》诗句“急雨奔鸣振瓦裂，水晶宫摇银河破。生怕行做飘流客，衔将哀思和泪说”之悲凉沉郁，（《铃铛》1934 年第 3 期）《征倭曲》诗句“敌有头血我有刀，誓将敌血染征袍。刀光闪闪射牛斗，杀敌屡屡若屠狗。磔磔狂笑似癫疯：‘我虽死难神犹生。’山可平兮水可散。耿耿此志未可断：‘故景依然版图非，不饮黄龙不生归！’”（《铃铛》1934 年第 3 期）之慷慨激昂，其感时壮怀之诗，颇可见男儿自强之声，《壮怀歌》云：“君不见强权已遍四大洲，冲天玉弩堕金瓯。谁复共济念同舟，力者存兮弱举休。又不见巍巍中华宗社之危若缀旒，生当此世多烦忧。阴曀不阳兮风云愁，四顾怆惶何所施怨尤。男儿一身莫做绕指柔，雄飞万里凌云游。慨然从国恩酧，肩我枪兮柄我刀兮坐我紫骅骝。焉放儿女故态恋恋赋登楼，投我之鞭断其流。亲者亲兮仇者仇，苦视己头若赘疣。誓把一人之头易彼千百敌人头，敌军不减兮身所羞。长宏热血碧平畴，使我中华光荣之旗昭昭世界累然留。无名称烈士，壮气长存万古与千秋。”（《铃铛》1935 年第 4 期）果敢勇武，振奋人心。

陈宗枢就读的河北省立第一中学校，1933 年已经更名为河北省立天津中学校，《铃铛》即是由“河北省立天津中学校出版委员会”编辑出版的刊物。所谓“铃铛”，取名于该校所在的

"铃铛阁"。铃铛阁,本为稽古寺附属建筑,因其建筑恢宏、铃声远播,且藏书楼典藏丰赡而闻名遐迩,为旧时"天津三宝"之一,后毁于失火。1901 年,乡贤将汲古书院原址改为天津普通学堂,成为天津市第一所国人自办的中西结合学堂,在全国教育中也位居前列,后经改名十数次,至 1928 年,直隶省改名河北省,学校改名为河北省立第一中学校。1933 年,改名为河北省立天津中学校。1940 年,学校移交到天津市,改称天津特别市市立第一中学校。1945 年,复名河北省省立天津中学校。1949 年,更名为天津市第三中学。1960 年,天津三中由芥园道铃铛阁旧址搬到现在丁字沽一号路新校址,原址改称铃铛阁中学。当年的《铃铛》学刊,其扉页即为大地上伸出众手齐力捧举一震声之铃铛的图片。

《铃铛》于 1932 年创刊,其办刊宗旨是为警耳之晨钟,使耳无新闻,目无新见者,深从大梦中警醒,急速觉悟。刊载有社会科学方面的文章,内容包括国学研究、文学论著、科学学术、时事论述、文艺创作等,并介绍各国著名作家的作品、文学评论及译述、是师生发表文章,互相切磋的园地,很多名家名篇,如裴学海的《尚书成语之研究》即发表于此。陈宗枢

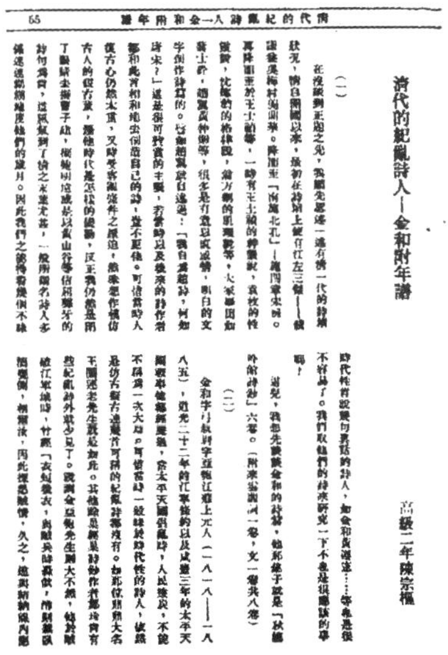
清代的紀亂詩人—金和附年譜 55

清代的紀亂詩人—金和附年譜

高級二年陳宗樞

(一)

(二)

陈宗枢在《铃铛》上发表的《清代的纪乱诗人——金和附年谱》书影

在该刊上不但发表诗词散文等文学作品，还发表了论文《封建社会研究》、译述《苏格拉底之死》等。也正是在《铃铛》上，陈宗枢发表了平生第一篇诗学学术文章《清代的纪乱诗人——金和》，并附《金亚匏年谱初稿》(1935 年第 4 期)，成为金和研究早期的重要文本和历史上第一篇金和年谱，为金和研究提供了重要的基础和借鉴。金和(1818——1885)，字亏叔，号亚匏，江苏上元(今南京)人，著有《秋蟪吟馆诗钞》六卷(附《来云阁词》一卷，文一卷，共八卷)，诗作长于乐府，长篇叙事，滔滔不绝，大气磅礴，尤因亲历鸦片战争及太平天国运动，诗中多反映这一时期社会生活，故被陈宗枢称为“纪乱诗人”。

《清代的纪乱诗人——金和》一文长达万余字，分九部分。第一部分论列清代诗派，揭示清诗虽偶有振作，但时人复古心太重，一味想作模仿古人的假古董，迷迷糊糊地度他们的岁月，于是引出研究像金和一样“不昧时代性，肯说几句真话的诗人”的必要。第二部分写金和生遭世变，当太平天国攻破江宁城时，打入其心腹，谋求里应外合而破之，但却无法争取当时预颟糊涂官吏们的支持，弄得家破人亡，于是造成他一生中对太平天国和昏聩政府官员的一并抵触，愤怒之气，永不能平，发而为诗，多系写实，叙事抒情之中，更极尽讥讽之能事。第三部分分析金和《椒雨集》中被徐珂《清稗类钞》称为“有一种沉痛惨澹阴黑之象，诚诗史也”的诗。其实主要反映了太平天国的法令主张全与当时社会组织相背的情况。第四至第六部分结合金和在乱后寄托游子之恨、思家之情的诗，分析其情感的变化，并论析了金和生前一些典型的纪事诗。第七部分分析金和在太平天国乱前所作的被郑振铎称为“妩媚可爱”的诗，指出金和早年作诗，趋向于描写时事，语意清白，已见白乐天诗的影响。陈氏对金和“万卷读破后，一一勘同异。更从古人前，混沌辟新意。甘使心血枯，百战不退避。一家言既成，试质琅嬛地。必有天上语，古人所未至……”的诗意创新的见解非常佩服。当提到江宁被英人侵犯之后，金和所作名篇《围城纪事六咏》时，陈氏认为：这种客观的写作，总不如在太平天国围城中自身亲临时写得好。陈氏更看重的是金和此期近乎古乐府的诗，或是对假面具的嘲讽，或是对受难者的呼喊，这也可见年轻时期的陈宗枢对诗歌艺术的审美趋向和对时事态势的深切关注。第八部分分析金和的艳体诗和《来云阁词》。指出金和词的描写范围较诗为狭，无甚时代意识，故远不及诗，金和是诗人而不是词人。第九部分是对金和诗的评价，陈氏结合古今中外文学理论，认为金和突脱了一般拟古及雕琢之病，一味地“我手写我口”以发挥其性情感慨，其诗多写切身的时代环境，既肯说真话又有丰富的天才和描写的手腕，实系“力的文学”中很好的作品，也承当得起“诚诗史也”的评价。文中也指出了金和诗作的一些不足。纵观全文，陈宗枢评价金和诗词甚恰，既高屋建瓴，又具体而微，诗史互见，理论点染，诚知人论世之文。

《金和年谱》一篇，附于论文之后，近四千字，概括金和生平遭遇及诗词创作，考订金和生平翔实不紊，细节处容或小疵，却开金和年谱之先河，发前人之所未及。时任国文教员的国学名家吴杰民在读了陈宗枢评析金和的文章之后，作《题陈生宗枢所编〈金亚匏年谱〉》诗三首，刊载于同期《铃铛》上，诗云：“风骚绝代说金黄（黄仲则、金亚匏、黄公度之诗为梁任公所盛称），妙悟清思蔚琰光。感慨悲歌岂秋螗，从知源远复流长。”“兰陵一曲足销魂（集中有《兰陵女儿行》），泪湿青衫吊白门(《烈女行》纪黄婉梨事,婉梨金陵人也)。工部飞卿才两夹,渡河挂角淡无痕。""冰雪聪明见此才,旁搜远绍写诗怀。幽光潜德徒君发(生编《金和年谱》颇佳),块垒浇时仗酒杯。"前二首评价金和,第三首赞美陈宗枢。吴杰民(1900—1979),名英华,曾任《益世报》等副刊编辑,1932 年受聘到国学研究社讲学,任河北省立一中教员,工商学院讲师。七七事变后曾参与创办含光女中,并任教务主任,后任天津文史馆馆员,著有《国学丛编》《半舌音古读考》等。吴杰民从陈宗枢的作品中看到了青年陈宗枢的聪颖和勤奋。

大概因为金和对太平天国持痛恨态度等原因,所以长期处于研究的边缘,至今相关研究也不甚深入,然而当年如此严密畅达、文采斐然的论文,竟出自一个"高年二级"学生陈宗枢之手笔,其腹笥之开阔、眼光之敏锐、见识之深广,令人赞叹。

中学时代的陈宗枢在创作和研究上已经达到了很高的水平,他还是天津中学校《津中周刊》的编辑,在该刊"铃铛阁"专栏上发表过不少诗文,还与同学编印过《寒影》《星火》等文学刊物,在当时具有一定的进步影响。这正是他此前十几年苦读的结果,也为他未来数十年的诗词生涯鼓足了前行的风帆。

陈宗枢大学时期主要致力于曲学,从业后,一度与姚君素同事。姚君素(1899—1963),字衮雪,号灵犀,擅诗词骈文,曾主办刊物《南金》,著有《采菲录》等。1941—1943 年间,姚君素曾任思勤油厂董事会秘书,陈宗枢任该厂会计主任。陈宗枢常在报纸副刊写谈戏稿,也常向姚君素请教诗词作法并以习作求正,姚君素每为批改并加以鼓励。当时,潘侠风编辑《游艺画刊》,姚君素介绍陈宗枢每周写有关昆剧稿件送刊。姚君素为梦碧词社成员,1944 年即欲介绍陈加入梦碧词社,陈宗枢读到了《梦碧词刊》，对寇梦碧也很心仪，但当时事冗暇鲜，且正致力于曲学，与梦碧词社失之交臂。姚晚年在北京，处境凄凉，曾致信陈宗枢，函中附红豆二颗、《减兰》二首，述及当年交谊及思念之情，翌年抑郁而终。

1957年，陈宗枢因演戏与张牧石相识，他们二人皆钟情于昆曲、杂剧，因探讨昆曲《一枝花》而结缘。陈宗枢赠张牧石两首七律，书写在扇面上，寇梦碧得见，十分激赏，引为同道。1960年，因张牧石介绍，陈宗枢去双柏馆拜访寇梦碧，一见如故，相谈甚欢，从此成为梦碧词社重要成员，并与诸多社友成为至交。

当时，寇梦碧在中学任教，张牧石每晚必去其家谈词，陈宗枢则每周去一二次，常至夜深始散。在此后的三十年交游中，寇、陈、张过从最密，真正形成了“津门三子”的格局，以酬唱、联句、诗钟、酒令为常课，三五日必一聚。十年浩劫间，陈宗枢遭难，一年多与寇、张隔绝，待形势高潮过后，三人同属“逍遥派”，相聚乃更勤。

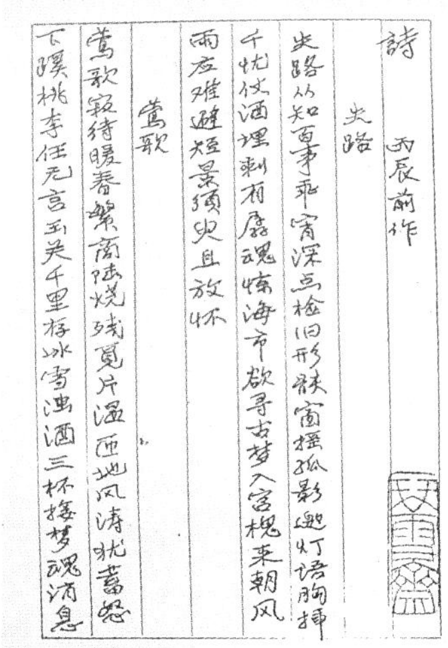
詩　丙辰前作
失路
失路从知百事乖宵深兀检旧形骸窗摇孤影邀灯语胸揷
千忧仗酒埋剩有唐魂惊海市欲寻古梦入宫槐来朝风
雨应难避短景须臾且放怀
莺歌
莺歌寂待暖春繁画阁陈烧残觅片温西地风涛犹蓄怒
下蹊桃李任无言玉关千里存冰雪浊酒三杯接梦魂消息

《琴雪斋韵语》手稿本

陈宗枢因早年从张皞如游，诗学放翁，词喜苏辛，自入梦碧词社后，词遂改学吴梦窗，诗亦易宗黄山谷，喜朱疆村词，曾笺注朱词三百余首。寇梦碧以词为命，腹笥亟博，才思捷敏，交友以诚，见陈宗枢诗词作有不当处，直言无隐，不稍假借，有可称

《琴雪斋韵语》自印本书影,李世瑜题签

处,则多番赞赏,且默记于心,多年后尚能背诵如流。陈宗枢曾说:“梦碧喜评泊古今人词兼及词法,所谈多具卓识。余之为诗,实受其熏陶而有所进益,不啻益友而兼良师。”

1986年末,陈宗枢曾手抄诗词曲稿,成《琴雪斋韵语》,自序云:“余少喜涂抹,随手抄存。而少年诸作,火于丁丑;中年诸作,火于丙午。兹选印(按:当时陈宗枢将手抄本复印若干册分赠友人)丙午后存稿,约十之七,自顾思识笔拙,难跻大雅之林;敝帚自珍,聊以记二十年之逋景,存当时之心声云尔。”2002年,陈宗枢又自订《琴雪斋韵语》,录诗、词、散曲,并《秋碧词传奇》《秋笳怨杂剧》《诗钟选辑》。寇梦碧序中云:“予与君同甲子。而此六十年中,实为有史以来之剧变。所遘凶乱,悉以韵语发之。君诚笃,博于才艺,诗词曲皆工妙罕俦。然十年浩劫中,所遇亦最酷……君《和杜秋兴八首》其三云:‘断角吹霜坠夕晖,烧云红压梦痕微。灯魂偶欲扶之起,酒力无端挟与飞。门外天涯容自媚,吟边骚屑忍相违。只缘身在秋风里,衣带常同夜气肥。’其五云:‘月稜割梦五更头,蛩默还留四壁秋。触绪纷纭牵线命,酒空寥廓掷梭愁。逃虚待觅藏舟壑。顾影休盟遂浪鸥。一枕华胥苦违我。

起听疮雁下边州。’取径玉谿山谷,而寄慨深沉,又绝似遗山。同光体标举唐音宋骨为清诗最高境界,此庶近之。机峰倚声,初学苏辛,自入梦碧词社后,改宗梦窗碧山,丽而有则,艳而有骨。其劫中《拟元裕之宫词》八首有句云:‘临窗娇语浓如酒,扑帐杨花巧作春。’‘绕枝多少寒鸦过,带得昭阳日影无。’‘入宫出塞承新命,下地升天本旧缘。’‘九转肠回剩一回,烧残心字未成灰。’‘七弦作意呈新巧,只是人前出手难。’‘凭阑莫问秋深浅,只看空林落叶飞。’遗山宫词自是绵丽浏亮;彊邨翁拟作咏洪宪事,精艳尤绝。类此本事词体,以事寓于美人香草之中。看来句句有本事,而句句不离词体。切事比典,吻合无间。机峰独擅此诣,写劫中诸事,于浓艳中见凄黯,于谐笑中寓涕泪,荡气回肠,色飞魂绝,开倚声未有之境,叹为观止。”

寇梦碧对陈宗枢的诗词做出了精要的评价,序中提到的《和杜秋兴八首》《拟元裕之宫词》等确为陈宗枢代表作。陈作和杜甫《秋兴八首》诗,实有两组,庚辰(2000年)所作一组,为《琴雪斋诗》压卷之作,也十分精彩。如其四云:“斗胜争筹角两棋,观棋无喜也无悲。眼中得失浮沉事,梦里江湖摇落时。菡萏应嗟霜讯早,帘旌那(哪)管晚风迟。年来老病多枯寂,漫与诗篇也费思。”其八云:“水园小步路逶迤,狼藉红衣绿满陂。瘦菊摇风忺带露,晚蝉翳叶怢鸣枝。屐痕未许随缘寄,物象行看次第移。独立苍茫一怅望,雁绳不系夕阳垂。”是陈宗枢晚年心境的体现。其词除《拟元裕之宫词》之外,《和观堂长短句二十三首》亦允称巨制。1996年,陈宗枢致信周退密,言及周氏《和观堂长短句》二十三首时说:“和词不在于形似,能假事兴感,迷离惝恍,颇具花间意趣。但感情则不失为现代人感情也。非具功力,曷克臻此。弟于高中肄业时,获读《人间词话》及静安词,甚喜其小令，以为在唐五代词中别开一种新境界。亦曾仿其意为数词，幼稚之作，现已全忘矣。唯其‘境界’一论，实为前无古人，当亦受欧西美学所浸润而得者。其所为词似为其论点身体力行者。”谈到了他对王国维“境界”词说的认识，其评价周词“和词不在于形似，能假事兴感，迷离惝恍，颇具花间意趣，但感情则不失为现代人感情也”诸语，其实正是他自己在和静安词时所追求的境界。2001 年，陈宗枢又作《和观堂长短句二十三首》，颇合其前所论，如其中第七首《蝶恋花》：“棱瓦纵横沉积雪，深浅流光，商略昏黄月。万窍余音吹未彻，入窗还共人呜咽。　遥念征途银一色，马滑人痛，难觅前车辙。百种思量都莫说，者番只悔轻离别。”雅正词风，婉转摇曳；第十八首《蝶恋花》：“春色三分愁几许，好梦无端，又被莺拦住。只恨啼莺难解语，行云悄度帘旌去。　依我情深交水乳，待结同心，长伴朝和暮。莫怨周全天不与，思来总被然疑误。”曲折有致，语意绵长；第二十二首《蝶恋花》：“山上晨曦轩过半，霞晕枫浓，返照明云汉。石径通幽行看看，溪泉泻地无拘管。古树槎枒青迓面，物我交融，记甚恩和怨。独惜禅心无一片，前方即是观音

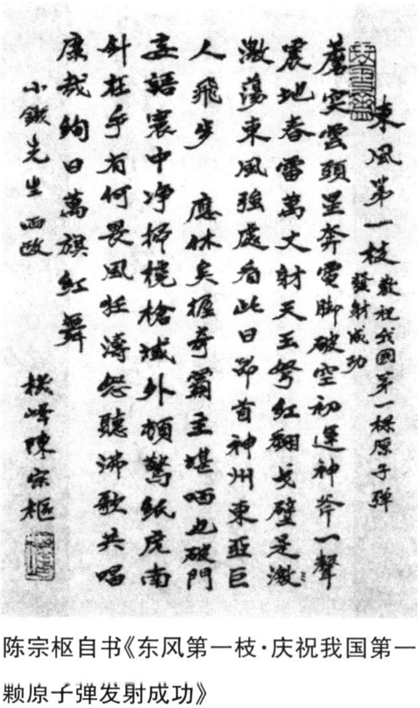

陈宗枢自书《东风第一枝·庆祝我国第一颗原子弹发射成功》

殿。”看透物色，顿得警悟，皆富有“境界”之佳作。

陈宗枢毕生致力于诗词的创作和研究，对诗词史和诗词理论谙熟于心，常有新论。2001年，陈宗枢为刘梦芙编著的《二十世纪中华词选》作序，文中说：“概夫词嬗化于声诗，取资于谣曲，五代斯隆，两宋丕畅。元明浸敝，调存而乐律云亡；清季中兴，体尊而敷陈深广。顾辞缘情发，情以物迁，心声染于世情，体性系乎风会。史事足征，词林有纪。粤维二十世纪初临，庙堂厝薪旋火，联军东进，黑云压城；两驾西奔，金风震跸。京津陷敌，仕庶罹灾。是年也，半庵一老，将归遗藏箧之词；四印三朋，纪乱成悲秋之咏。丹霄云起，黯对翠楼新吟；黑月鹤鸣，凄寻青芜旧梦。十年倏逝，百眚难消，曼殊逊统，共和肇基，军阀纷争，中原板荡。乃有黉堂工肆，狂飙扬德赛之旗；破古立新，激浪侵风骚之薮。发聩奏功，纠偏妨正。幸有词坛耆宿，不废倚声；革命学人，偶工按谱。比似海南临桂，并世两雄；寐叟遁庵，同侪双璧。诵珍敝帚，自怜作茧冰丝；携共秋华，欲奏招魂楚些。学贯中西，驼庵词含特色；制兼新旧，槐屋律具当行。容有黍离之感，何碍修辞立诚；偶违激扬之规，本多学步尝试。至三十年代中期，北极粗安，东邻窥伺。卢沟烽火，神州遭豕突之兵；建业沦胥，华夏历鲸吞之险。陷城为虏，避地无家。壮夫眦裂于铁垒金戈；逋客情伤于神鸦山鹧。马头匽匝，凄留剩稿湖山；雁口光阴，谁踵补题乐府？此际词坛则老辈凋零，中年秀发。霜红霜厓，成名序有后先；忍古忍寒，同社谊兼师友。《词刊》韦绝，尚有《同声》；沉陆呴濡，犹存汐社。所谓穷而后工，愤而有作者，岂其然耶！八年抗战，三山溃崩，降王受服，华国重光，而政术贪残，民心离析。丁女题图，喻言独夫群弃；于髯识拨，深叹行者增哀。阅三年而欃枪尽扫，新运丕开，禹甸腾辉，人民欢庆。维时横空出世,天挺词雄,抚远归心,景从圣典。磨剑诗老,遂酬唱以庆成;斩鬼将军,每谈词而惊座。……后十年间,吟社蜂起,词人云从,陶写锦绣江山,歌颂峥嵘事业。三代全词,唐氏成于孤诣;《全清词钞》,叶公集于众擎。载籍既博,佳篇益赡。顾假风刺腐,宜有讽谕之章;去伪存真,始称创新之作。"简直就是一篇20世纪词史纲要,足见其不仅是深习创作之理,对词史流变亦能梳理脉络,审视全局。

随着时代的发展,陈宗枢对于诗词的写作也进行了辩证的思考,如1989年发表的《谈诗管蒯》一文,在白话诗大潮中为旧体诗作振臂呼,对聂绀弩《散宜生诗》的功力和气魄赞扬有加,称其为"真所谓上下千古,眼光四射,是古典诗中的奇葩",又认为于词中开拓新境界者,首推顾随,其遗词、谋篇,均有特色,深于佛学,词中多含哲理。对于旧体诗的格律,他认为"诗歌与音乐是同源的,旧诗正由于有着经过千锤百炼的格律,方能有声调铿锵的可诵性和可歌性,这恰恰是它魅力所在。"所以一定要掌握诗词格律,除特殊情况外,决不应以"不以辞害意"为言,自行改变固定格律,至于用韵,他主张中老年诗人对旧韵部已习惯者可仍用旧韵,但作诗应该允许用词韵,青年同志学诗可以用词韵,亦可以用曲韵,这样能避免入声的麻烦。对于词汇,他认为语言是发展的,词汇也在不断更新,新词汇可以入诗,黄遵宪等人的诗即是佳例。可见,他对传统诗词的传承既有传统的坚守,也有创新的包容。

在"津门三子"中,陈宗枢的文学作品最是形式多样、特色鲜明,研究成果也尤为丰硕,随着对他各类作品的搜集整理,他的艺术和学术必将为世人重新认识和解读。

3.先生本色是书生
——通才硕儒张牧石

1)烛边泪尽存心史——一代词人张牧石

张牧石(1928——2011),原名洪涛,谱名德彝,因学篆刻崇尚黄牧甫,师从寿石工,遂改名牧石,字介庵(取"其介如石"之意)、扬斋,又因得黄牧甫所刊"邱园"印,乃号邱园,别署月楼外史、麋翁、眉翁,室名梦边庐、茧梦庐,晚年因怀念亡妻张静怡,又号石怡室。

张牧石成长于高级职员家庭,其父张少良肄业于南开大学,供职海关,文化素养甚高,精通外语,业余时间酷嗜京剧,从名家尚和玉工大武生,为名票友,有"铁腿张"之誉。因家境丰裕,张牧石自幼接受了良好的教育,中学时就读于德国教会学校(旧址为今天津市外国语大学所在地),后考入国民党元老居正任校长的天津法商大学法律系。在现今可见的数种张牧石诗词集中有一首《莱阳梨》诗:"佳哉莱阳梨,闹市争衔贾。山妻偏多事,持来手自剖。奈此盘中珍,触我思如缕。念昔襁褓中,懵懵背乡土。百果俱有宗,谁识植心苦。未煦三春晖,能不怜棠杜。两兄见几曾，择小亦焉取。空言可蠲烦，诸亲在何许。聚散固一齐，胡为嗟三五。敛泪且忍尝，泪倾还如雨。人食同饴浆，我食同刀斧。哀哉莱阳梨，此味当终古。”此诗读来颇令人费解，初读以为“念昔襁褓中，懵懵背乡土”等句是替莱阳梨感到悲哀，但后面的“两兄见几曾，择小亦焉取”等句又似乎并非如此。原来，在张牧石自书诗稿上，原本还有这样一段注语：“余出自山东莱阳王姓，生仅四十日，贫莫能抚，因鬻津门张氏，倏忽四十有六年矣。今岁月夕，内子买得莱阳梨数枚，家人共食，触绪增哀，遂成此诗。”方知张牧石幼年时期曾有这样一段辛酸的往事，但也正是这个人生的转折，反而使他获得了良好的家庭教育和成长氛围，并逐步走上集诗、书、画、印、戏、曲、舞、剑等才艺于一身，又精通文字学、训诂学、金石考据等学问的通才之路。

1949 年大学毕业后，张牧石因不愿从事法律工作，赋闲在家。1951 年天津市教育局招聘教员，他参加考试合格后，被分至天津市第一中学任教，因教学工作成绩突出，被学校速升 2 级。20 世纪 50 年代中期，他由于古典文学功底深厚，被天津市第一工人文化宫所聘，为培训工会干部举办讲座，因主持此项工作的鲁藜被错划“胡风分子”，受牵连被停

张牧石

职审查9个月,因确实与胡风集团丝毫无涉,停止审查,恢复工作并调至天津市第十六中学任教。自此事后,心里设防,远离政治。20世纪60年代初,因病调至离家较近的天津市第二中学任教。1969年,以战备疏散为名,被下放到天津东郊大毕庄。这一时期留在天津家中养病。1974年落实政策,户口迁回市里,后因病提前退休。"文革"之后,传统文化复兴,他应茂林书法学院、东方艺术学院、天津业余书画学院所聘,出任教授,讲授古文、诗词、文字学、篆刻等,培养人才众多,并曾任东方艺术学院教务长。至晚年近80高龄时,仍受天津文联聘请为天津师范大学书法本科班授课,以教书育人为终身事业。并曾为中华诗词学会常务理事、中国书法家协会会员、天津市文史研究馆馆员、天津书法家协会理事、天津古籍书店编辑、海河印社副社长等。20世纪80年代中期,张牧石参与由天津市老领导路达等人创办的《中国书画报》工作,被聘为编审,坚持每期审稿长达26年,直至生命最后一个月,躺在病榻上仍然坚持不辍,他对这份报纸付出的不仅是学识,更是执着的责任和真挚的情感。

张牧石少年时,居住在粮店后街,与王新铭、冯璞等为邻。王新铭(1870—1960),字吟笙,晚清举人,因受新思想影响,为开民智,以一己之力兴办学校,是天津早期教育家,亦能诗词、擅书画。冯璞(1899—1972),字孝绰,津门名士,当时在京津多所大学任教,亦擅诗文书画。张牧石自髫龄即游侍于此二老门下,学诗习字,筑下坚实的国学基础。王、冯二人对张牧石可谓青睐有加,一次,张牧石为王新铭整理画稿,找出一幅绢本山水,上有李叔同所题仄韵七绝一首,王新铭让他用弘一原韵和题一首书于画上,可见对他的诗才何等器重。李叔同本也住粮店后街，只是当时已移居南方，故而张牧石未曾与之谋面。李叔同与王新铭交情深厚，对王新铭的山水画十分欣赏，青年时期曾给王刻过数方印章，王一直珍藏使用。张牧石次李叔同韵题王作山水诗为："驱使胸中万卷书，鹅溪半幅寻诗去。自家醉墨自淋漓，画到烟岚浮翠处。"开阖有度，特富意境。至于李叔同的原诗，今已无从得见。

后来，张牧石由冯璞引荐，拜识了当时有"执北方词坛牛耳"之誉的寿石工，从学诗词、篆刻。寿石工(1885—1950)，名鉨，字务熹，别署硕功、石公，又号印丐、珏盦等。多才多艺，诗文俱佳，著有《珏庵词》，精通《说文解字》，详通文字源流，治印静雅刚健，允称一代大家。并因同门之谊，结识了津门名士巢章甫。巢章甫(1910—1954)，名章，字章甫，斋号海天楼，是张大千和寿石工两门弟子，交游广泛，擅书画篆刻，尤精于鉴赏，富收藏，著有《海天楼谈艺录》等。与巢章甫的交往中，张牧石于书画鉴赏之道领悟精进，视野大开。凡早年所经遭遇，皆成为张牧石诗人的底色，即深厚学问和高雅修养，为他诗词的人生打开不一样的天地。

张牧石一生吟咏不辍，亦自许平生辞章第一。其所著《梦边词》，之所以取名"梦边"，是为了表明他自视学梦窗词只不过是得其边缘，而他治学上谦冲自牧的高尚学风则由此亦可见一斑。对梦边词，老一辈词家在题序中多有佳评，如王新铭评曰："牧石张君，乙酉始习倚声，时倭氛正炽，君感陆沉之悲，怀左衽之惧，隐遁于词十数年……尝闻君言，为词须造意新、遣辞工、持律细，尤当以意为先。闻其论，想其词，当非世之徒以藻缋为工者可同日而语也。"张伯驹评曰："牧石为词，初学梦窗，继宗北宋、南唐，中年后别谋自树，矻矻二十五年……能入于情、入于境，而出于情、出于境。”龙榆生评曰：“牧石少嗜倚声，初学淮海、碧山，嗣复沉浸于稼轩、梦窗之作，以‘梦边’自题其集，意谓欲追踪君特而才力未逮，殆自谦之词耳……所作能于密致中运囿以刚劲之气，其造诣固未可量也，含咀英华，能入能出，以写一代之盛，是所望于牧石诸英俊之共同努力矣。”又曰：“婉曲厚丽，四明法乳，读梦边词可知七宝楼台不容碎拆也。”

梦边填词图

1964年春，张牧石请潘素作《梦边填词图》(图成于1965年夏)，又邀海内贤达题咏，张伯驹、瞿蜕园、夏承焘、萧劳、唐圭璋、龙榆生、吴玉如、启功、周汝昌、寇梦碧、陈宗枢、孙正刚等数十人共题诗词五十余首，向琮迪题耑。仔细赏析各家所题诗词，可见时贤对“梦边”词人的认识。如瞿蜕园题《烛影摇红》词：“门隔花深，紫骝曾跃燕南道。短衫侧帽共荆高，歌遍天涯草。招手鹤归华表。倚阑干、倾觞凝笑。水西人散，波外沤轻，未妨幽悄。　　一穗寒灯，至今仍向书帷照。映窗凌碧此楼中，醉枕蟫余稿。篆冷香尘自绕。费相思，梅边旧调。不须多感，万户回春，红云催晓。”上阕回忆梦边词人遭逢盛衰往事，下阕写如今词人依旧，灯照书帷，耽思旧调，并劝勉词人逢时振作。又如夏承焘题诗云：“丁沽梦路首频回，耳热张华坛妙才。弹指东风新世界，看君七宝现楼台。”既是对梦边词人在新世界依然不改七宝楼台本色的赞美，也是同样的期许。又如龙榆生题《浣溪沙》词云："七宝楼台不染尘，万花飞舞恰宜春。一灯相伴苦吟身。　好句来时占蝶化，会心深处转眉筝。艳传三影足精神。"上阕赞梦边词人坚守高洁，不改其志，下阕赞词人作品如梦会心，且以张三影(北宋词人张先，人称"张三影")相比。又如寇梦碧题《临江仙》词下阕云："零落霜花寻堕谱，江山殿此骚才。斜阳尽处画图开。莫嫌灯路窄，七宝幻楼台。"世人认为吴文英等人的词风路数虽然比较狭窄，但是梦边词人以江山之助、运化之才，能使词中境界如画，重现楼台。寇梦碧另有《南乡子》词一组为题，其三云："桃李下，自成蹊。霜花寂寞守东篱。春怨秋悲俱懒赋，迷离语，别有一般凄断处。"言梦边词人甘守寂寞，不愿停留于肤浅的春怨秋悲，而是在迷离惝恍的词面背后，别有寄托。其五云："尚有槐根容小寄，惊斗蚁，梦里已无寻梦地。"简直是对"人生如梦"的进一步阐述。词人自称"梦边"，但其整个人生都在梦中，而梦中却无处寻梦，是因为他的人生占尽了梦遂而寻无所得，还是因为他所处的世界全然是梦也就无所谓"梦"可言，还是因为他身在梦中，欲寻梦却难上加难？梦边词人的心酸苦楚，似乎全都在这富有禅机的题句中被道破了。又如张伯驹题《金缕曲》词云："为问谁非梦。看芸芸、今来古往，汗牛充栋。蚂蚁穴槐蕉覆鹿，等是黄粱炊瓮。但难息、词心源涌。五色尚存生花笔，向人间、风月相吟弄。吹箫管，引鸾凤。　前身应是梁江总。肯输他、枝头红闹，当年小宋。一曲歌残扬州慢，十万腰缠都送。君不见、江湖澒洞。得失何关文章事，枉雕琼镂玉终何用。樵柯烂，劫犹哄。"上阕从梦写起，而生花妙笔正因梦而成，下阕以古代俊彦相比，又言文章无关江湖得失，颇有身世沧桑之感。张伯驹另有和寇梦碧韵题词一组，其三云："莫道梦华容易去，人间路，恨海能填天可补。"梦似乎是虚幻短暂的，但是梦边词人梦里可以填恨海、补残天。其六云："如此夜，奈何天。情犹未尽不能闲。幻影迷离何有寄，南柯蚁，只可梦边寻寸地。"梦边词人情长意不尽，却只愿在梦的边隙寻求寸地栖身，其心境可知，从另一个角度讲，即便"梦边"只有寸地，词人仍不改初心，甘愿栖身于此，其情怀操守之坚贞显然可见。又如吴玉如题《华胥引》词云："笼灯敲韵，量夕搓吟，丽才难得。妙绝天成，楼台七宝无碎饰。只有孤月流空，照海心如拭。千尺波澄，睡龙宵弭声息。　　衔意谁纾，写清辞、运针飞织。浩歌年少，多君斯文意刻。旖旎风光前路，伫绣篇矜式。浮恨闲愁，更知非挂胸臆。"上阕写词人高才，七宝楼台浑然天成，而海心如拭，睡龙无声，下阕赞梦边词人斯文矜式，非以浮恨闲愁填塞胸臆，则其于浮恨闲愁之外，自有更加真切之情义在。又如启功题《十六字令》词二首云："词，七宝楼台玉树枝。心所慕，异代若同时。"赞梦边词人得梦窗词雅正之风，可称异代同音。"词，理屈而穷我自知。一个字，撚断数茎髭。"写梦边词人苦吟之状态，所谓"理屈而穷"非谐趣语，而是说词的意蕴并非如文理一样可追寻明确之意义，自有言不尽而意无穷之风致。这些题词，不烦更多

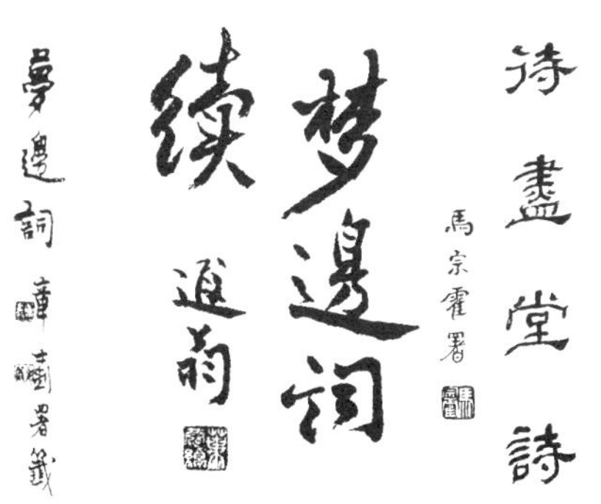

章士钊题"梦边词"，叶恭绰题"梦边词续"，马宗霍题"待尽堂诗"签

征引赏析,已可见当时贤达对梦边词人较为集中的赞美,这些绝非泛泛虚词,而是文人之间的理解和同情。当时,张牧石尚未及不惑之年,他能在词坛得到如此集中的赞誉和理解,也可见他当时的成就与影响了。

张牧石早年曾从城南诗社老诗人王叔扬学作诗, 王氏对张牧石影响也很大,他常说的一句话就是“多读书”,曾为一位青年作者题诗,第一句就是“第一还须多读书”。寇梦碧对王叔扬也十分钦佩,一次,寇、张二人偶遇于王家,因志趣相投,一见如故,从此往还不断,张牧石遂成为梦碧词社重要成员,且其诗词观和诗词创作深受寇梦碧的影响, 他曾说:“忆四十年前,余负笈京都,从先师寿石工习篆刻、倚声诸艺,于四明四稿,虽经涉猎,然终未窥门径。返津后得识梦碧先生于珠光阁,始幸获闻梦窗词之奥秘, 三十年交往受益尤深。”(《夕秀词·跋》) 张牧石年少时读南唐后主词,后来负笈北京,由寿石工指导涉猎梦窗词。寿石工作词“刻意生涩,自谓近四明”(陈声聪《论近代词绝句》),“火传梦窗, 力求僻涩”(陈声聪《读词枝语》),而从张氏“未窥门径”之语可知其并未由寿氏之教而得梦窗神髓,其真正得入梦窗之室乃是受寇梦碧影响。对张牧石的词作,寇梦碧曾评云:“牧石词师法觉翁,衍彊村、大鹤之余绪,情真、意新、辞美、律严,允为当代巨手。”

张牧石论诗词,尤其是词,有三项标准:一,内容新;二,形式美;三,格律严。并强调这三项标准的次序不可颠倒,更不能偏废。既是对词的评赏标准,也是对词的创作要求。如他的《莺啼序·香山登高和梦窗丰乐楼韵》一首:“湉湉绀波漾晚,浸明霞倒绮。豁愁眼,旷宇高寒,数峰青蹙眉际。蓦惊觉,阴晴片霎,颓云织黑笼新霁。殢秋吟枫老, 江桥败叶红坠。 佳节登临，念往自苦，甚孤筇倦倚。恁禁得，百感苍凉，湿烟依约凝翠。尽霑衣，霜花遽泣，滴鲛泪，都成铅水。暗低徊，萧悴年年，暮蝉身世。　　银华洗魄，玉醁湔肠，信道醉乡美。嗟病里，鸣局松馆，莳艳梅圃，暂理闲娱，亦嫌多事。香羞独莅，娇矜群莠，沧浪清浊从休问，怅何楼，占尽人间地。风骚堕劫，千丝网结长生，映天怯看星纬。　　芸薹焰直，苜蓿盘空，况夜阑漏迟。待盼到，忧怀销歇，险梦苏醒，帝遣乘轩，碧城十二。仙居惯望，尘缘轻误，幽霾如幂霄路隔。谩歔欷，偷掩哀时袂。堪他溆雾林霏，作足凄迷，断魂万里。”此词作于苦闷悲愤的环境之中，通过对香山登高的抒怀将知识分子在“文革”中的状况生动可感地表现出来，意境上婉丽幽细，炼字锻句上工巧自然，结构上严谨，加之用典妥帖，声律严格依照四明五声，被寇梦碧等吟坛老辈称赞为压卷之作。而正像这首《莺啼序》一样，张牧石的诗词大多不太好懂，给人一种“隔”的不可亲之感，一方面是因为他的诗词多是学者之诗词，另一方面是因为他以辞藻的绮丽表现情思的缠绵，很少有显露直白之作。

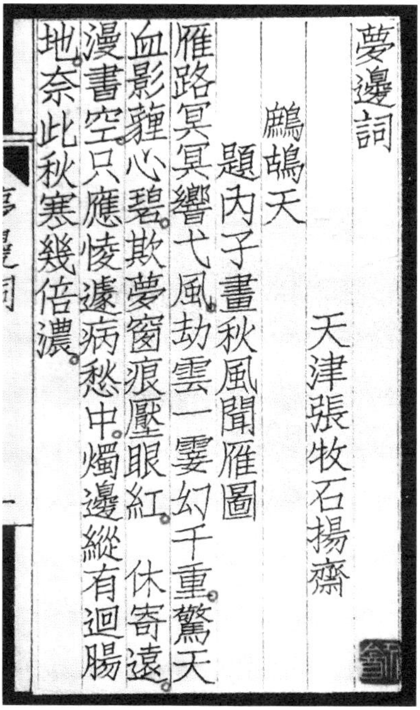
夢邊詞
天津張牧石揚齋
鷓鴣天
題内子畫秋風聞雁圖
雁路冥冥響弋風。劫雲一霎幻千重。驚天血影蕹心碧。欺夢窗痕壓眼紅。休寄遠，漫書空。只應悽遽病愁中。燭邊縱有迴腸地。奈此秋寒幾倍濃。

张牧石《梦边词》手稿

他在《茧梦庐诗词》自序中说：“我在十三岁时从

南开中学的王之却老师学读南唐后主词始直至后来负笈京都从先师寿石工先生研习梦窗词，始终不渝的一种动力就是‘兴趣’……至于我写诗词又是为了什么，也是简单的两个字——遣兴……我写诗词唯一的目的就是用此手段去自遣生活中的兴感。当今某些创新派的词章家们，高倡要打破旧格律束缚，要用合辙即可的新诗韵词韵，要写得人人皆懂……总之一句话，他们搞诗词是要‘为人’。这种宏伟壮志对我这专门‘为己’的顽固派来说，却永远视为畏途而不敢问津的……一首诗的作者写时虽不求人知，但他只要真正经历了一番兴感过程，别人看了就便是字面上多有不解，本事不详，而在感情上照样可受到感发的。佛经中所称的‘文字相’是指写出的文字只是一个概念而缺乏接受它心理能量的信息。好的诗词要有一种可使读者破除‘文字相’，而能递进其接受信息能量的力量，最后能进入到作者的心态中。当然这个“进入”绝不是像西方流行的阐释学(Hermeneutics)学派那种推寻作者原意，而是要使读者在其破除‘文字相’的递进过程中引发出多方面联想的衍生义。”所以，他的诗词都是他性之所至和兴之所至的作品，他的很多诗词虽看似描写嘲风弄月的闲情逸致，但仍是抒发他在“石言于晋”的时代，内心无法排解的悲伤。

其诗则有《待尽堂诗》。所谓“待尽”者，盖出于《庄子·田子方》：“吾一受其成形，而不化以待尽。”成玄英疏：“唯当端然待尽，以此终年。”更频见其诗中咏怀。如《四十初度》诗云：“等闲歌笑竟何如，结习风花半已除。人外一堂堪待尽，尊前万感自逃虚。藏山肯学留皮豹，乐水难从掉尾鱼。四十行年空不惑，茫茫岁月渺愁予。”《待尽堂除夕》诗云：“醉入承平梦里天，心花暖共烛花燃。醒来最喜应何事，待尽人间又一年。”《幻态》诗云:“幻态纷纭不厌新,番番后事总前尘。花光已逝三千界,风信犹传廿四春。过眼湖山供睥睨,安心梦寐与沉沦。羲和缓辔崦嵫外,奈此人间待尽人。”总有一种悲时伤怀之感充斥其间。可见，张牧石对人生所处大环境的警觉与他的性格特质和人格操守,以及他对诗词的认知和审美追求,共同促成了他诗词中那种缠绵曲折、富有言外之意的艺术品质。

张牧石晚年又有《石怡室诗词稿》《石怡室吟掇》,所谓“石怡”者,乃由张牧石、张静怡夫妻之名而来。张牧石夫妇毕生情深意笃,夫唱妇随,张牧石暮年亡妻,深感悲凉,如《感逝》诗云“焰白悲残烬,酒清伴瘦吟”,揭孤怀于寂寞,《悼亡》诗云“人知有恨须藏梦,花识无春故匿香”,移情愫于虚实,至于《夜色》诗中句“夜色凄其夜气清,恼人残月向人明”“笔底花开难并蒂,酒边弦绝感无声”,则沉痛暗淡,哀响绵绵，可见诗人无不重于情深。

而其诗词非仅专于情，情、思二端实相表里。“造化元应参圣哲，在山出谷尽泉清”(《皖萧圣泉碑林索作》)以明守儒之思，“何处于今寻隐逸，毫端召我出尘寰”(《题岫影画二首其一》)以明出世之思,“知白能教归守黑，素肌应遣着缁衣”以明人事之思,“只缘芳泽多糅杂,先自归来嗅赝真”(《张良索题画》)以明辨正之思。凡此种种,皆发挥于满

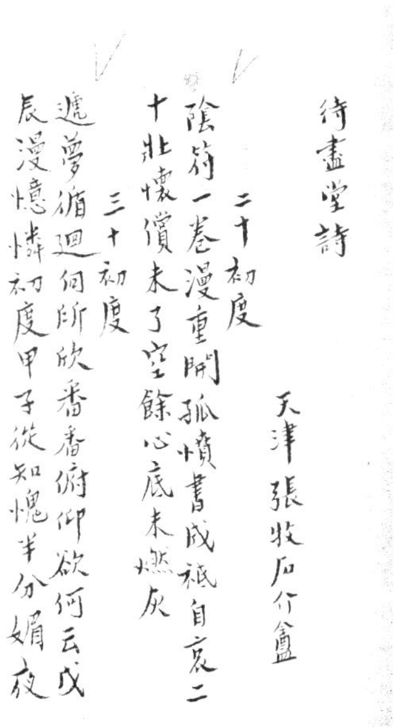
待盡堂詩
天津張牧石作盦
二十初度
陰符一卷漫重開孤憤書成祇自哀二十壯懷償未了空餘心底未燃灰
三十初度
遮夢循迴何所欲香香俯仰欲何云戊辰漫憶憐初度甲子從知愧半分媚夜

张牧石《待尽堂诗》手稿

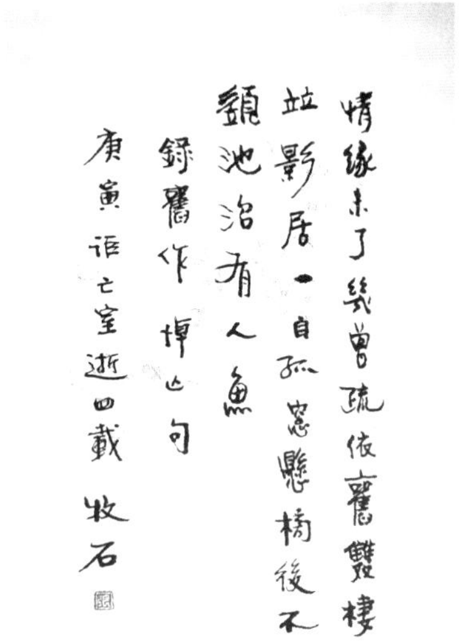

张牧石书悼亡诗笺

腹经纶、情真思切之中。又有《浣溪沙》词云："醉里情怀乐有余，醒来依旧赖愁扶。未妨醒醉半模糊。　聚散伤心同幻变，湖山回首尽空虚。此时有梦不如无。"读之令人恻然，乃知他虽一生乐观，与世无争，与人为善，但内心总有一种词人的苦楚在，符合传统文人一贯独特的"弱德之美"。

叶嘉莹在《张牧石墨剩》一书的序言中说："我觉得在现在这个时代，像张牧石先生这样热爱中国古典文化，而且热心于传承，是非常难得的……张牧石先生曾经说，要写中国古典诗词，就要按照中国古典诗词的格律去作，传统的东西必然有内涵和艺术的精华在里边。我也认为是这样的……中国的古典诗歌之所以发展成为一种讲究平仄、对偶的形式，是由中国的语言文字的特色所决定的，只有这样才能够传达一种特美……读了张牧石先生的诗词之后，我觉得张先生的诗词写得很好，决然不同于流俗，有一种精微美妙的意境……他的诗词中有他个人一种真切的感受……张牧石先生写了一首《浣溪沙》怀念张伯驹先生……这首词中'卧地残阳颓似病，没空孤鸟淡于烟'两句写得非常好，真正写出了词的意境，一种幽微隐约的特美，而且是梦窗词的意境……张牧石先生传播中国古典文化的精神是让我感动和钦佩的，他的诗词有自己的特色，意境是不同凡俗的。"

张牧石之所以能与寇梦碧、陈宗枢并称“津门三子”，主要的原因还是因为他们的诗词纯粹典正，影响一代风雅，人格高洁，代表文人标格。张牧石诗词那种“幽微隐约的特美”还有待于更多学人去深入品味。

2)还忆争春两状元——张牧石与张伯驹的忘年情谊

20世纪50年代初，张牧石因京津诗词社往来，与张伯驹结下忘年之交。当时，张伯驹常来津参加雅集，对张牧石的才华极为赏识，每来天津即住在张牧石位于十字街西中祥当东胡同4号的家中。又因张伯驹等人的推介，张牧石得与章士钊、吴则虞、黄君坦、俞平伯、萧劳、叶恭绰、唐圭璋、周采泉、夏承焘、龙榆生等人定交，常互为唱和。张伯驹来津，除了与师友雅集唱和，与戏友切磋技艺，到荣园看海棠也是必定之选。而张牧石对荣园的海棠尤为熟悉，因为他在天津法商大学法律系就读时，教室就在荣园内。所以，张伯驹每次来津赏海棠，张牧石则陪同前往，兼众诗友观花吟句，可称一时之盛。

张伯驹与张牧石

1962年10月至1965年间，张伯驹在吉林，其间只要有词作和其他作品必先寄给张牧石，如后来出版的《红毹纪梦诗注》《续洪宪纪事诗补注》等都是写几首就先寄给张牧石,后来积累多了才成集问世的。在吉林时,张伯驹与吉林大学教授于省吾等几位朋友每周相聚一次,谈笑之外,用“以文会友”的形式交流各自的文章,多谈金石、书画、版本、词曲、传闻轶事、学术考证、风俗、游览、各种掌故等,体裁是文言文。因为是与当地意趣相投的文人、学者的小聚会,遂名之为“春游社”。张伯驹把这些内容录存起来,并广泛征集,发函北京、天津、上海各地学者,如叶恭绰、黄君坦等,共写此类随笔。集成规模,张伯驹便油印装订,取名“春游琐谈”,书前有作者名录,按年岁排列,始由90岁高龄的卢慎之、陈云浩,依次是叶恭绰、戴亮吉等,排到后的是30多岁的张牧石等人,计30余人。该书先后共印7册,每册薄薄一本。谁知十年浩劫期间,春游社被打成“反革命组织”,吉林省公安厅认为“春游社”是各地反动文人结社进行反革命活动的组织,便郑重立案“侦破”。张牧石虽远在天津,也受到审查,前后整整审查了3年,最后也就不了了之。

在吉林期间,张伯驹偶尔回京,多次都是先到天津访张牧石。有一次,因为要和张牧石商量《红毹纪梦诗注》事宜,他就坐火车来津。车到天津恰是半夜,人们都在熟睡。张伯驹来到张牧石家,喊了几声无人应答,便一时兴起,转了一圈,捡起一块半截砖,咚咚地砸起门来,张牧石从梦中惊醒,急起开门,张伯驹仍作砸门状,其直率性格叫张牧石啼笑皆非。二人坐谈直到天明,其知音真挚亦于焉可见。

“文革”期间,张牧石家户口被疏散迁到郊区,津居尚未落实政策,居所十分狭窄,但这位晚近举世闻名的四大公子(溥侗、袁克文、张伯驹、张学良并称“民国四公子”)之一的张伯驹竟然能和张牧石在一个单人床旁接一块木板同榻多次而丝毫不觉委屈,这让张牧石深感意外和感动。张伯驹后来又从吉林博物馆被下放到舒兰农村插队,和夫人潘素(当时随张伯驹同去吉林,任吉林大学国画系副教授)双双离职。到了农村,却不被接收,只待了一夜,第二天就乘车来天津。当时因无证明不能买进京车票,老夫妻就在张牧石家那一间小屋中间拉上一个床单隔开,与张牧石夫妇共住了一段时间,后来经人告知可买三家店车票进北京,方才回京。这样的交情,也可算得上是患难之交了。也正因此,他们谊兼师友,无话不谈。张伯驹晚年眼睛患病,经过诊治右眼得以复明,张牧石作《碧丈目疾,经医右眼复光,诗以贺之,亦庄亦谐,幸勿怪之》诗云:"悠然自可见南山,喜得浮生半视闲。慧眼从来应独具,任他左僻惑人间。(黔翼卿颇好诗,心仪靖节,每以自况,闻者曰:陶靳相去甚远,惟形有一点相近,盖靳斜眼,陶亦然。问曰:陶何以斜眼?曰:采菊东篱下而见南山,面东而见南,非右斜其能若是?)"首句自然是从陶渊明诗句化来,次句则化用唐人李涉《题鹤林寺僧舍》诗句"偷得浮生半日闲",三句一转,由"谐"而"庄",指其人独具慧眼,能看遍人间惑乱。此诗虽似游戏之笔,其实针砭之作,个中可见张伯驹与张牧石二人会心之处。

1978年9月,中共吉林省委宣传部批准了吉林省文物局上报的张伯驹复查结论,予以平反,恢复名誉,自此张伯驹又重新开始了他的自由生活,来天津的次数也就更多了。张伯驹在天津接触各界师友很多,留下的字画作品也多,这些作品大多是在张牧石家完成的,他的作品多为小幅,因他不喜大字和大幅画,而且画幅题款后,又多请张牧石题句。由此,张牧石题张伯驹、潘素画作诗词甚多,而皆寄托之作。如《减兰·题碧丈画梅残幅》词云:“流光宛转,几见名园春再展。剩赏孤芳,半幅冰绡认暗香。　　莺簧懒弄,纵使罗浮犹有梦。明月婵娟,未许人间俗眼看。”描述情怀高迴。又如《题丛碧丈画梅二首》诗云:“自是莹然拌独洁,芳心寂寂似羞春。东风受露多萧艾,九畹应无纫佩人。”慨叹骚人多难。又如《补题丛碧丈、潘素夫人合写竹兰石三清图》诗云:“三清一纸缘相惜,放笔移来楚畹春。自是无人赏高节,合当解箨傍嶙峋。”渴望孤标自赏。又如《题碧丈画梅菊》诗云:“剪取秋光并入春,傲霜傲雪共宜人。孤山忽见东篱影,定是陶林作比邻。”爱慕田园隐逸。又如《碧丈于役五国城,历劫归来,画菊命题》诗云:“簇簇丛金散幽馥,义熙秋色傲妍春。伴松差可存三径,晚节花迎晚节人。”赞美凛然晚节。凡所题咏,既合乎画意,又兼抒画者与题者共同的怀抱,入丹青诗史,自可垂之后人。

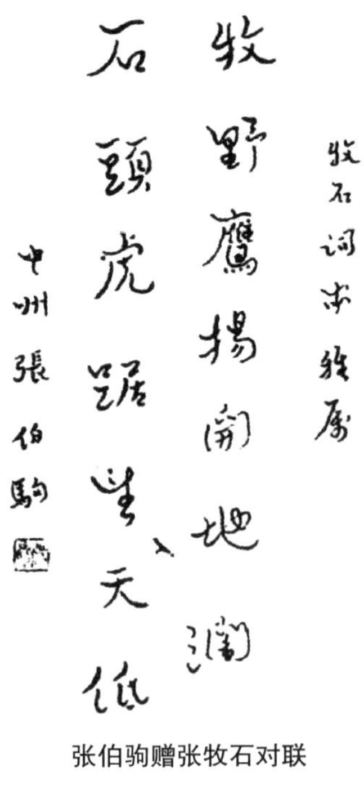

张伯驹赠张牧石对联

张伯驹喜来津观赏海棠,海棠花谢他就约张牧石同去北京看牡丹。某年,张伯驹以“对牡丹作”命题,限调《浣溪沙》一至四首,约海内词家同作,张牧石作有《对牡丹应碧丈课题》三首:“盘锦天香倚梦栽,多情偏又向人开。去年零落尚低徊。　　心上剩春拚已尽,眼中新燕怯重来。可堪花发旧池台。”“劫后芳菲未放休,娇红一捻为谁留。花情人意忍相酬。暂对争如成久别，浓春那便抵残秋。几回深情旧时愁。”“姚魏风流迹总陈，宝阑多是别家春。看花底苦最为颦。　　醉里还教愁作酒，醒来始觉梦如云。花边醒醉两难真。”众诗友词成之后，将姓名密封，不写姓名，然后再由大家评选，仿效科举名次，状元、榜眼、探花、进士等。密封卷最后揭榜，榜眼、探花、传胪数名皆为张伯驹、张牧石分中，获状元票数最多的也是他二人，票数相等。他们互相推让，张牧石推尊前辈，张伯驹奖掖后学，最终僵持不下，以“牡丹两状元”结束了这一佳话。其后，张牧石刻了两方“牡丹状元”印，自留一方，赠张伯驹一方留念。多年后，张伯驹对此事记忆犹新，并在《怀人》诗中写道：“还忆争春两状元。”

张牧石刊“牡丹状元”印

这两状元之间其实竟相差三十岁。日月推迁，张伯驹垂垂老矣，每逢他的生辰，张牧石都会作诗词祝他和潘素夫人双寿，一直到他告别人寰之前。张伯驹八十寿辰的时候，张牧石作《贺新郎·丙辰冬月甦丈填是解预祝碧丈八十寿命和》词：“独立惊尘外。忆年时，心期曾付，几多疑怪。八十光阴弹指耳，那(哪)管无穷劫坏。但直许，侧身人海。到眼云烟凭过眼，剩闲情，一点今犹在。家四壁，未应卖。　　书生结习殊难改。喜吟俦，飞商传羽，佳辰先届。待到月圆双寿日，更有梦边遥拜。莫漫动，尊前深慨。夙世诸缘皆了却，算余生，只欠游春债。心地爽，等高垲。”庶几概括了张伯驹八十年来身处惊尘而淡泊怡情，烟云过眼而书生气重的人生。也正是因为对张伯驹生辰记得格外清楚，张牧石也将张伯驹的祭日铭记于心。

1981年末，张牧石去京拜访，张伯驹当时的体力已经明显衰退，但坚持还要来津。张牧石极力劝阻，劝他休养一段再来。没想到很短的时间之后，张伯驹就去世了。张牧石接到讣告，赶赴八宝山参加了追悼会，归来写下两首绝句挽之：“七十二沽春水鲜，金盘敲韵忆从前。他年有梦寒山寺，怕听钟声到客船。”“残泪依稀湿梦痕，海棠时节又黄昏。剩春从此应难晨，恻恻风光李氏园。”津门有七十二沽之称，梦碧词社同人常作“诗钟”，张伯驹亦常参与，后结集《七二钟声》。第一首，张牧石借唐朝张继《枫桥夜泊》诗挽张伯驹，妙意天成。第二首，则道出他们与荣园的因缘。

诗人总有去世远游的一天，留给人间的美好云烟或寄藏在亲友的回忆中，或存留于诗文翰墨的字里行间。张伯驹一生词作甚多，1980年，张牧石为他整理词集，并应约作骈体文序一篇，极为契合张伯驹的心意（但张伯驹逝世后，词集由他人负责编辑出版，选用周汝昌序）。现将张牧石《丛碧词定稿序》过录于此：“丛碧词丈承凤池之先辉，丁龙汉之末造，放情尘外，寓迹人间。迎桑送海，久疏荣悴之心；搴翠拈红，未忏风花之习。令、引、近、慢，别谱新声；今、古、人、天，自申芳怨。青林黑塞，时教瘦蝶驮来；腻雨酥云，更遣冷鹃唤出。唯其笔阵纵横，心香勃滃，故平生所作不下千阕。今汰存一卷，眉曰丛碧词定稿，将付剞劂，爰夫不遗梼昧，諈诿命序，是以强振惰窳，惄悚引喤。余维倚声一道，上溯风骚，历唐宋，下逮清季，今已殆成弩末。凡诸幽微沉厚，和雅温文之恉，日近浇漓。镫炧雷叹，花飞颓息之情，渐趋矫诈；怨鸟扬声，雏莺弄舌之音，半是啾嘈。琱璃蹙绣，捧麝拗莲之技，无非尖巧。昔之于今，譬坤仪之圹垠，已成尽拓；今之于后，犹穹灵之杳寥，尚待新开。然则开拓于今尤须肸蠁于古，此声党之重责焉。丈之为词，绮密者，尽洗饾饤窸窣之尘；雄浑者，能捄诨俚粗率之弊。织绡泉底，非炫巧于针神；伐桂月中，讵乞灵于书鬼。豪情艳趣，要皆澡瀹中来；至性深言，靡不咀嚼中出。故能嗣南唐之遗响，而越其墐堮；衍北宋之绪风，而脱其臼窠。所谓能入能出，开来启后者欤。其为集也，庞家斋额，标绮岁之篇章；秦地游踪，志髦年之鸿雪。香融红杏，踵春游于五国城头；风起青苹，托秋心于三生石上。遂乃债偿东泽，梦醒南柯。瞥眼沧尘，尽逐毫端之外；呕心文字，宁留卷尾之间。他日残月晓风，竞唱井华汲处；铜琶铁拨，争传江练飞时。则毋庸区区之重为扬搉也。岁在上章涒滩病月，古姚苹客序于沽上茧梦庐北牕。”骈文固是深奥难懂，而此文历述词史，提炼心史，评论张伯驹词作恰切适当，实在是一篇难得的宏文。

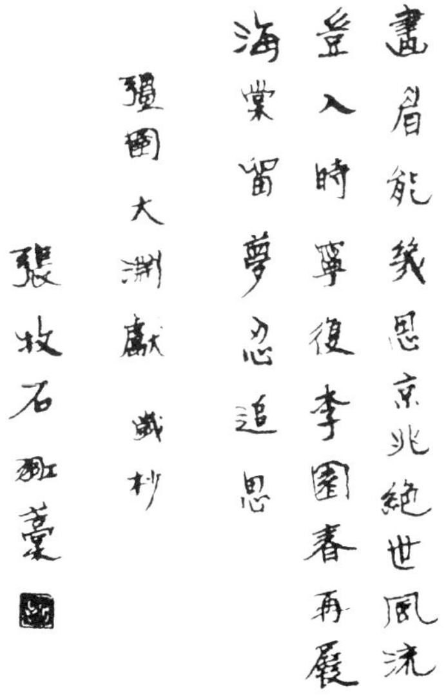

张牧石书悼念张伯驹诗

张伯驹一生淡泊，所重不在名利金钱，而在人情诗怀，他曾把很珍贵的一本册页《庚寅词集图》送给张牧石，册内有秦仲文、吴镜汀、潘素、启功几位名画家的画和夏枝巢、黄公渚、黄君坦、关颖人、周公阜、周汝昌等数十家所题词。这件词坛有纪念性的文物,虽经浩劫仍为张牧石妥善保存,但是终被他人以借阅的名义“赚”去,此事使张牧石陷入长久的忐忑不安。张牧石之所以能与张伯驹忘年莫逆,绝不仅仅因为才学,更是因为人品,他把一切的物质都看得很淡,把虚荣浮华看得更淡,所重亦唯在人情诗怀。一位熟人用非常普通的复合板给他制作了一个书架,他见是亲手制作,非常感动,不知如何报答,将所藏当时已经价格不菲的名家制壶作为回赠;一位后学没钱买房,他在自己生活尚不富裕的条件下,马上让家人取出几万元钱主动相借,待该人解决困难前来还钱时,他却坚决不要,说:为什么要还,钱就是用来花的,就是给人用的,你有困难,我帮你,怎么能提还呢?像这样的事情简直太多了。他平生清苦治学,无多资财,谁给他做了什么好事,他只好用书、印以及自己的各种藏品,其实也无非就是藏书、名人书画信札等相报还。像这样的人品怀抱,并世能有几人呢。他总是想别人是好的,总是以善美对待世人,而这周遭的世界带给他的是什么,他很少计算。张牧石去世后,门人曲世林以“名士无为真吉士;先生本色是书生”一联挽之,可算是对张牧石一生品格的高度概括。

3)染籀芝泥发古香——篆刻大家张牧石

张牧石15岁时,张家购得坐落于水梯子大街中段的一处落败富户的四合院,一天,他无意中在四合院一小房间的夹壁墙里发现了一批石章以及砚台等文房用品,此事引起了他对篆刻艺术的莫大兴趣。经过一段自娱式的治印练习后，由冯璞推荐，拜在篆刻名家寿石工门下。他最初习汉印，后经寿石工等人指点，将钻研黄牧甫黟山印学，但当时南北地迥，印谱难寻，幸得容庚主动以珍藏牧甫印谱多册自粤相寄，其中多印为传世印谱所未见者，张氏乃探骊珠，逐步登峰。

容庚(1894—1983)，字希白，号颂翁，古文字学家，曾任《燕京学报》主编、北平古物陈列所鉴定委员、岭南大学教授、中山大学教授等职，著有《商周彝器通考》《殷周青铜器通论》等。1973 年 8 月 6 日，容庚致信张牧石，信中说："牧石先生：奉惠书备悉。左右搜集黟山印痕深合鄙意。牧甫游粤多年，遗作甚富，书画篆刻皆有独到处，顾印行甚少，国人不得而见也。弟搜罗六十年颇有珍本，然非志力于此。年二十六离家至京，奔走衣食于今。五十余年于黄氏未能发扬光大，心甚歉然。求如近人之表彰墨卿、完白、撝叔三家者，尚无其人。左右既有同好，兹检奉印谱三种六册，牧甫印稿一册乃选存较精之印，每印盖六七枚，弟至北京分剪得六部，自留一部，以五部赠友人，此乃初印本，与后人集谱残破者不同……"黄牧甫在清光绪八年(1882)和光绪十三年(1887)两度赴广州，第一次在粤近 4 年，第二次则 14 年，前后计 18 年，到光绪二十六年(1900)五月才

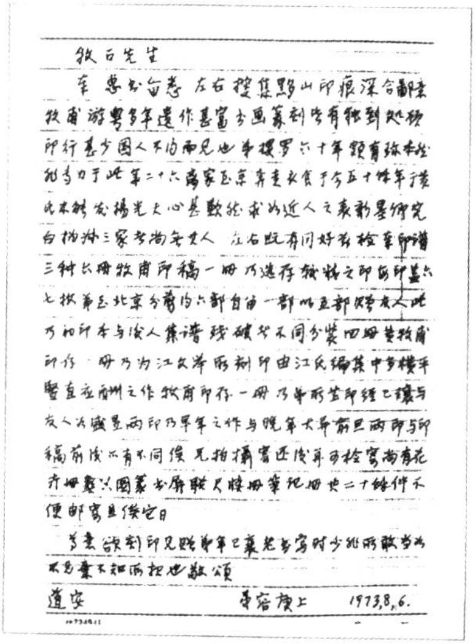
牧石先生
奉惠书备悉 左右搜集黟山印痕深合鄙意
牧甫游粤多年遗作甚富书画篆刻皆有独到处顾
印行甚少国人不得而见也 弟搜罗六十年颇有珍本然
非志力于此 年二十六离家至京奔走衣食于今五十余年于黄
氏未能发扬光大心甚歉然 求如近人之表彰墨卿完
白撝叔三家者尚无其人 左右既有同好兹检奉印谱
三种六册 牧甫印稿一册乃选存较精之印每印盖六
七枚 弟至北京分剪得六部自留一部以五部赠友人 此
乃初印本与后人集谱残破者不同 分装四册黄牧甫
印存 一册乃为江孝嘉所刻印由江氏编集中多横平
竖直在广州之作 牧甫印存一册乃弟所藏印经亡友
友人[illegible]两印乃早年之作与晚年大异[illegible]两部与印
稿前后亦有不同 [illegible]寄还后再检寄 尚有花
卉册[illegible]篆书屏联大幅册[illegible]共二十余件不
便邮寄且俟它日
道安 弟容庚上 1973.8.6.

容庚致张牧石信札

回安徽。容庚作为广东人,对黄牧甫艺术敬佩有加,其舅父邓尔疋又是“黟山派”重要印人,故容庚数十载搜集牧甫作品,珍重非常。这套印谱,每方印拓都是细心剪齐后,在日本棉连纸上挖芯后,嵌贴在上面的,其珍爱之心可想而知,容庚能将印谱相寄,也可见对张牧石的信任和期许。张牧石收到印谱后,深感容庚老人的热忱,遂抓紧时间将印谱上的所有印拓全部用毛笔勾拓下来,以备日后临习揣摩,不久又将那套原拓印谱用双挂号寄还容庚。其后勤勉临习,成《师券印蜕》八卷,容庚见后甚为激赏,为其题耑。

张牧石临习篆刻能吃苦功夫,日课之石数百方,每方皆刻六面。加之深厚的文字学、训诂学修养和满腹的诗词文章,促进其印学渐臻成熟。四十岁至六十五岁之间,以黄牧甫印风为皈依,用刀爽利劲健,章法文气十足,用广大而致精微,精品迭出。在所著《篆刻经纬》中曾评价黄牧甫说:“犀利无前的刀法刻出秦汉印之铦锐棱峭、高古朴拙的韵味。其腕力之强,堪称无双……沉稳中见流动、挺劲中寓秀雅,貌似平直而极活脱,静动、方圆、巧拙互为参见。其用刀刃薄锋利,是此前主张刻印要用钝刀的革新。他的学生李尹桑曾说:‘悲庵之学在贞石,黟山之学在吉金;悲庵之功在秦汉以下,黟山之功在三代以上。’马国权兄以为此语未见其全,牧甫虽得力金文特多,但主要仍在秦汉,因此说其工只在吉金或三代以上吉金更是未见其全的。此论甚确。”张牧石对牧甫印风的继承,即如其评牧甫之所论,并于牧甫印风广大之中得其巧妙。黄牧甫治印的巧妙,在定中有变,硬中得活,张牧石颇能参悟。在大量临摹牧甫印的过程中,并非亦步亦趋,而能别具心裁,在章法布局和结字倚侧上颇得巧、俏之致,而不失浑厚之雅。

张牧石学牧甫印，早期极臻化境，腕力雄强，刀法精准；随年近高龄而腕力逐渐减弱，且致力于变法，但能不减韵致，则有赖于学养，故仍文气弥漫，深雅非凡。他此时的篆刻，若与他的书法相参看，已见“印从书出”的趣味，用笔不一味平直光滑，结字不一味斩钉截铁，由“印”而近于“书”，其实已是“写意”的黟山印风。六十五岁以后，兼从吴昌硕印风取法。其实，张牧石对缶庐印风素有推崇，《篆刻经纬》尝言：“吴昌硕能以写石鼓文苍朴雄浑的笔法刻印，开拓了富有写意的篆刻艺术新径。其郁勃雄伟的气魄和遒峭古拙的风貌，是一时无两的。”张牧石取法吴昌硕，不以郁勃雄伟、遒峭古拙为主，而参会“写意”，达到印从书出，书印结合的境界，故而从心所欲，法于无法，苍茫朴茂，不拘一格。张牧石治印追求的正是目无全牛、游

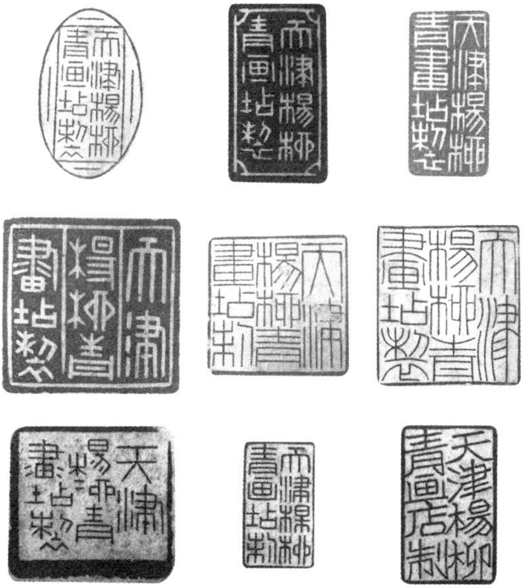

张牧石治“天津杨柳青画店制”同文异构印

刃有余的境界,他曾在《题胡定九印存》诗中说:“錞盦銕笔气横秋,周鼎商彝腕底收。刓泐菁华窥点画,庖丁目岂在全牛。”又在《葆石出眎王九思明义庐印集索题》诗中言道:“奇气盘纡一帙书,唯将明义篆斯庐。人天分自有三七,合是恢恢游刃余。”其实都是在描述自己对篆刻的认识。他认为篆刻要旁参广会,将金石文字收于腕底,以为变化所驱,当技近乎艺,艺成于境的时候,则人工与天工并运。

张牧石印学以秦汉为基础,以黟山为宗师,广泛参考各流派印之所长,可谓转益多师而自成格局,正如他在《高君手拓金禹民印迹索题》诗中说的:“宗派纷纭讵可规,多师而后自为师。觉来大梦何须铸,待有精镌任所宜。”学而时习,转益多师之后自可为师,挥刀之处无所不宜。“物趣天机肯失真,切朱冲白几番新。”当篆刻达到存“真”的地步,与物趣天机相参会,则自有新解,自创新境,无须如世人急急于自创,好高而骛远。所谓“解道推陈新可出,未妨秦汉两相忘”(《题李大千印痕》),以秦汉为基础,又不为摹古风气所囿,最终在印章的方寸之间达到逍遥游的境界。因此,周汝昌《赞牧石铁笔》诗中咏叹道:“古来篆刻比雕虫,艺属才人转大工。造化本源归一字,能通灵性是英雄。”

张牧石的篆刻早已突破了实用性和单纯的视觉观赏性,而是抒情言志,具有文人的寄托。他曾在《治印口号,用先师寿石工昔年见赠韵》诗中说:“千古精灵来腕底,娲皇石上试霜锋。补天偏倩镵天手,浑沌凿余拚一从。”篆刻是与千古精灵会通的绝妙途径,一刀一石仿佛能凿开天地之混沌。古人说那人间的石是“无才可去补苍天,枉入红尘若许年。”(《红楼梦》)又说“十有九人堪白眼,百无一用是书生。”(黄景仁《杂感》)张牧石就是要以“百无一用”之身去重整“无才补天”之石，以镵天之手以抵补天之功，其志又岂是“雕虫篆刻”这么简单。

如其在“文革”期间刻就的一方“古姚茸客”印。那个时候，将传统文化和历史典籍视为“毒草”，禁止人们保存与阅读，如有违抗，轻则被视为“中毒”，重则被扣上“反动”的帽子。张牧石却以“古姚茸客”自比，反其道而行之。原来，“姚茸客”出典于《后汉书》：“云南有神鹿能食毒。”明《一统志》：“姚州者古哀牢之旧国。”“古姚茸客”即“古代姚州专吃毒草的神鹿”，此“神鹿”喜以“毒”为食，以“毒”生存，自然是“食毒”愈多身体愈壮了。张牧石以此作为印文，暗喻他每以“雪夜闭门读禁书”自娱，洁身自好，积累学问，不为名利所动，不与文界丑类为伍，正如其弟子章用秀曾在诗中所赞叹的：“珍作半知通雅艺，力行三省惜天真。荒原斜径姚茸客，恶浪狂风渭钓人。”张牧石治印很多都是高洁怀抱的寄托，沧桑岁月的留痕，他曾在诗中咏叹道：“一般小技关兴废，旧拓新钤岂异时。纸上依稀留梦迹，劫灰肯复认昆池。”（《解永义君以红楼梦人名印拓索题，忆昔余亦有此制，惜毁于丙丁浩劫，今思及能不扼腕，占此答解君，兼抒己怀》）人生如梦，能够在患难中托梦于印，以印遣有涯之生，也算是不虚度年华了。

张牧石治裸女肖形印并诗款

又如1988年(岁次戊辰)人日(正月初七日)所刻裸体女人肖形印一方,边款刻有一诗:“岁开七日名人日,名实偏难副一人。试看衣冠多楚楚,何如赤倮见淳真。”表现了张牧石对人世的冷静思考。张牧石作为具有深厚国学修养,又具备西方法制观念(其大学时所读为英美法系)的知识分子,毕生坚持文人的独立人格,不阿世、不谀人。改革开放以来,学术和艺术界中的一些人乘势而上,名利双收,但张牧石始终甘守清贫。他常说:“我一不迷信老,二不迷信名,只唯实。”可谓学人本色。由此可见,张牧石的印章很多即是他品格性情的寄托,其印可称学人之印。

张牧石的学人之印,自与其在诗文、书法、训诂等多方面的深厚造诣紧密相关。他一生饱读诗书,临池不辍,常以“退笔如山未足珍,读书万卷始通神”与“腹有诗书气自华”自勉及鼓励后学,其书法富有文人气,篆隶含蓄苍老,楷行精严端俊,虽未如其印名之盛,然亦学人之书,蔚然大观。如2004年所作《篆书千字文》一册,渊雅沉静,足可见其书学之一斑,正如门人章用秀序言中所说:“是在继承秦相李斯玉箸篆风格基础之上,吸收秦诏版笔意,融入吴让之、赵之谦诸家之流转跌宕,而更得疏密相生、俊逸生动之趣。圆浑流变的用笔、挺拔匀净的线条、雅洁隽永的风度,展现了先生深厚的金石功底,更可从中感悟

张牧石《篆书千字文》局部

到先生博大深厚的学识及其艺术素养。”

张牧石一生刻印过万方，很多前辈名宿及学林艺苑名士所用印章皆为他所刊刻。张伯驹晚年的大多数印章就出自张牧石铁笔，张伯驹本曾请陈巨来刻牙章数方，但在浩劫中毁失，遂请张牧石依照所留下的印蜕重新复制，张伯驹后来常钤用的“京兆”葫芦形印、“平复堂印”以及“花好月圆人寿”“伯驹长寿”“丛碧八十后印”等皆张牧石所刻。张伯驹诚然是“眼阔”之人，而对张牧石的篆刻青睐有加，曾把陈巨来和张牧石并称为印坛“南陈北张”。观张牧石印作，此绝非虚誉。但是张牧石曾郑重地说：“这二十多年，张先生这句提法，只能说是他个人的偏爱，我从开始就未曾接受过，因为这会造成篆刻界同道们对我的误解。”

篆刻是张伯驹和张牧石交谊的纽带之一，是他们忘年之交的见证。张伯驹晚年患糖尿病（中医旧名消渴病），遂请张牧石刻“文园后身”“茂陵同渴”二印。所谓“文园后身”指的是汉代辞赋家司马相如曾患消渴病，又曾任文园令，故张伯驹自比司马相如后身；所谓“茂陵同渴”指的是汉武帝晚年患消渴病，而其陵寝称茂陵，张伯驹自视与之同病相怜。这两方印体现了张伯驹的巧思和风雅。张牧石治印后，并作有《碧丈近患渴疾，属篆二印，各跋一绝》诗：“漫惜前身作赋才，露华犹吝此生杯。文园岂是风流尽，还入西园梦里来。”“一例才人渴病称，玉谿佳句总难凭。纵然尽放沱江水，依旧人间有茂陵。（李义山句：相如未是真消渴，犹放沱江过锦城。）”诗中更进一步地表达了他对张伯驹的理解和宽慰，可谓知音之作。

直到张伯驹去世之后，张牧石偶然整理书箧，见张伯驹多年前为牧石夫人张静怡所作画梅残幅，深感人琴之叹，又得诗抒怀,诗中还提到当年为张伯驹重刻的“京兆”印。这方印张伯驹常在画梅时钤用,因为汉代张敞曾在闺中为妇画眉,眉、梅二字谐音,而张敞曾做过京兆尹,又与伯驹同姓,故而张伯驹用此印谐趣。张牧石在诗中说:“山阳闻笛几逡巡(笛曲有梅花落),岂意鹅谿尚有春。一觉十年京兆梦,风流不见画眉人。”表达了对张伯驹深切的缅怀。

张牧石除有《张牧石印谱》等书传世,还有理论著作《篆刻经纬》嘉惠学林。这部书成稿于1988年,当时南开大学教授于复千约请一些学者编写一套供非专业院校全日制大学生学习参考的美育教材,其中篆刻一册由张牧石执笔,他在酷暑中用两个月写成书稿,考虑到读者是非艺术专业大学生,张牧石在撰写过程中更注重普及性和趣味性,希望促进年轻大学生萌发兴趣,甚至参与其间。但是,该书的责任编辑不学无术,缺乏篆刻常识却擅改书稿,张牧石怕以讹传讹贻误后学,愤然索回书稿,于是该书迟至2009年才正式出版问世。虽然已经是完成书稿之后的20年,但本书的内容丝毫不显过时逊色,而是以独特的视角和翔实的内容彰显了张牧石对篆刻艺术的深广研究和精确领悟。

该书分“印史”“技法”“修养”“工具和参考”四大主要部分,均深入浅出而鞭辟入里。如“印史”部分有“古代的版画小品”一章论述肖形印,对肖形印的用途、起源、内容、艺术特点进行了精明扼要的分析。其中谈到肖形印的起源时说:“说起源于夏商是和认为肖形印是图腾的孑遗是同样不符合历史的……肖形印大约应起源于春秋时期,它是由古代制陶器的‘拍子’(考古界称制陶器所用拍拓花纹的模子)和铸铜器的范演化的。很大可能是用在封泥上的。它的制作方法有翻砂法和失蜡法……”这种关于印史的论述是科学的。文中又把肖形印艺术特点总结为：一、贵求神似的造型，而不是呆滞地追求其所谓的“惟妙惟肖”。二、简洁、明快的刀法。三、章法设计巧妙、活泼。四、夸张、突出的浪漫主义情趣。可谓切中要领之论，举凡肖形印成功之作皆不出此四条之外，对相关创作也具有提纲挈领的指导意义。参看他《题曾昭国肖形印稿》诗中所言：“象外圜中万物呈，形神情意巧经营。肖又不肖方为妙，齐向刀锋默化生。”可见他对肖形印的领悟何等深刻。

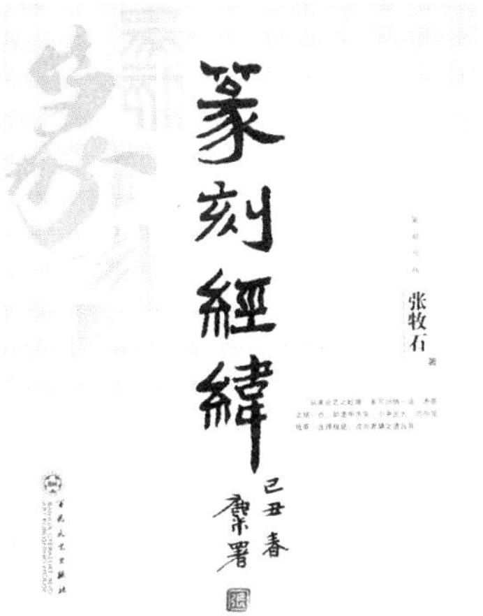

张牧石《篆刻经纬》书影

又如“技法”部分，不单纯地讲说刀法、章法等问题，而是以“从‘十个儿子’谈起”与“印之所贵者文”两章，从用字的准确和典雅说起。《从“十个儿子”谈起》一文中从某版《黄牧甫印谱》中误将“甲子”二字释为“儿子”等用字错误现象开始谈起，生动地讲述了文字对印章的重要性，在《印之所贵者文》一文中结合案例讲述了印人在“识篆”“习篆”“刻篆”三个环节中都需要下怎样的功夫，皆张牧石经验心得之谈，可谓度人金针。张牧石在指导学生篆刻时也从来不过多分析篆刻的刀法，因为刀法相对简单，而是受其师寿石工的影响最为提倡篆法，在他眼中，篆刻技法的重要程度依次为篆法、章法、刀法。篆法是指印章内容中具体的字一定要用对；章法是指如何将字安排到方寸之间，调整长短大小；刀法则指将印稿转变成印章，即以刀代笔,在石上表现出书法的笔意。其中,篆法为根本,篆法有误,印章不能要,篆不得法,印章不成功。

《篆刻经纬》虽然只是张牧石平生印学的一颗小小的结晶,体现的是他篆刻学的基本理论和思想梗概,但是由此可窥见其印学知识之宏富,印学见识之深广,印学思想之开明。

除此书外, 张牧石还编有《寿石工藏印》(天津古籍书店1991年出版)。张牧石对寿石工在诗词、书法、篆刻诸学问的授业之恩一生不忘,曾刻有一白文"小顽"印,其边款云:"吾师寿石工曾号稽山顽石,尝戏呼予'小顽'"。师生之情,呼之欲出。

张牧石一生也勤于传道授业解惑,培养、影响了曲世林、赵祥立、毕恭等一大批杰出的印人,他常教诲晚辈后学:"为学先做人,习艺先读书。学古不泥古,学今不从俗。有法或不循,无法却严守。"他与晚辈后学谈的更多的是读书和做人,即便是对专门求教印学的,他也多是从诗词文章打开思路,意欲从文学艺术、学术思想中找到治印的突破空间和提升契机。他常倡导弟子务必要做到"治学严谨,做人以诚,志在兼济,行在独善",大到做人,小到治印,都要摒弃时俗,与古为新,正像他在《题曲世林印谱》诗中所说的:"为印为人同古道,不教狂谲染时风。" 其实也代表了他自身的操守和对所有弟子后学的期望。

张牧石认为篆刻经过商周的孕育萌芽时期, 秦的发展时期,汉的全盛时期,魏晋隋唐的承袭蜕变时期,宋元明清的衰退以至于复兴时期,后已处于濒亡时期,改革开放以后,是篆刻的抢救时期,"这抢救的过程, 不但需要老一辈的篆刻工作者和业余爱好者竭尽全力,而且更需要新的继承者的接力。既是后继者,不客气地说,他们是要在本身不断地研习提高中去尽力。”(见 1988 年 8 月作《篆刻经纬·结束语》),可以说,他对印学在新时期的复兴是寄托着深切的期望的，他对后继者的要求是实在而中肯的,他也欣喜地看到,中国篆刻学百花齐放的今天,正如他在《海河印社成立即席赋》中咏道:“雕虫况是旧烟沽，处处从来笑壮夫。今日一堂同砺锷，踏天竞割紫云腴。”古人云:雕虫篆刻,壮夫不为。但是,篆刻学经过历代文人志士的融合提萃，到如今已经成为志在拿云、盛事不朽的瑰宝,这其中,包括张牧石在内的印人可谓功不可没。

叶嘉莹曾说:“张先生有一点和我很相似，就是我们都热心于把自己知道的东西传授给年轻人，并且希望有人能够传承下去。我们都为中国古典诗词献上了我们的精力,能够做的事情，我们都尽量去做……他在生病的时候还去给学生们上课，躺在病床上还在为报社审稿子，这些事都使我非常感动。”(《张牧石墨剩·序》)的确,张牧石一生对传统文化精力的投入是巨大的，并主要体现在诗词、书法、篆刻之上。

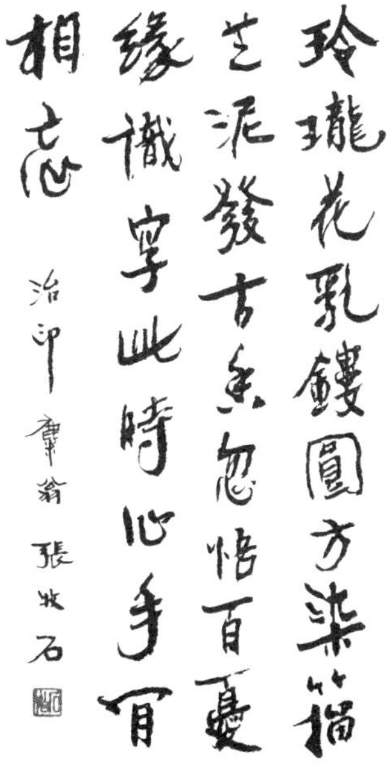

张牧石《治印》诗墨迹

张牧石好学多能，通学通用。他幼年随父从尚和玉习京剧武生，凡尚派名剧如《铁龙山》《挑滑车》《艳阳楼》等均曾多次演出;又擅剑术,多年寒暑无间闻鸡起舞,能自编剑谱,创编了二十多种剑法套路，津门武术界人士、各剧团演员多从其习剑；跳交谊舞也是全国闻名，21世纪初在石家庄举行的全国吉特巴舞大赛，国内18个城市参赛，他获全国第一，此外，伦巴、布鲁斯、华尔兹他也跳得相当出色。但所有这些都是他怡情寄怀、洁身明志的所在，也毋宁说他的一生都是在“玩儿”，而他的“玩儿”都是认真的。在游于诸艺的一生中，书法篆刻始终是张牧石钟爱的文人雅事，正如他在《治印》一诗中所表达的：“玲珑花乳镂圆方，染籀芝泥发古香。忽悟百忧缘识字，此时心手肯相忘。”治印，正是他的解忧之具、古欢之所。哲人其萎，斯人不在，但愿后人在观瞻他的篆刻艺术时，能够体会到他心手两忘的陶然化境。

2011年5月，张牧石与世长辞，留给后人无尽的怀念。门人毕恭曾有诗追思道：“九旬驹影刻清词，麋梦盼他春步迟（按：张牧石曾自称“麋翁”，因麋鹿英文moose与“牧石”谐音）。丝绪万端缘茧缚，一春为历四时痴。”笔者也曾有诗及挽联追思，其中一联云：“名山事业，茧梦寄雕龙，实可观焉，成自家印史；流水平生，邱园曾尚雅，其难复者，是一代词人。”张牧石在“津门三子”中最后一位告别人世，他的离去似乎代表着天津文人一个时代的结束，我们期待这个结束成为新的开始，促进新时代沽上学风在传统文化的土壤上再放异彩！

4.吟边消得几回春
——“津门三子”的雅集吟怀与荣园诗情

1)好是尊前同觅句——梦碧社友的雅集联句

梦碧词社词人群每有雅集,则以联句、诗钟等为乐趣。联句是古人作诗的方式之一,即由两人或多人共作一诗,联接成篇。旧传最早的联句始于汉武帝时《柏梁台诗》,全诗七言,26句,分别由26人出句,一句一意,相联而成,每句用韵,后人又称其为“柏梁体”。但据后人考订,此诗系伪托之作,并不可靠。可靠者如晋宋之时已有不少人作诗用“联句”。在寇、陈、张“三子”的诗词集中有一些年代可考的联句,属句连篇,浑然一体,既是梦碧词友风雅集会的遗迹,也是难得的诗词珍品。

1970年除夜,寇、陈、张“三子”于陈宅联句得《忆旧游》词:“正花痕压酒,烛影摇春,今夕何年。梅蕊冲寒发,借幽香一缕,写入瑶笺。旧狂忍共料理,觞咏且流连。奈彩帖红枯,椮盆火冷,节物阑珊。　漫漫。夜如许,甚天公狡狯,犹勒余寒。哀乐从休问,便裁红晕碧,等是无端。岁朝画笔初试,也抵小游仙。惜梦隙流光,温焫片霎春又残。”乃是非常典雅的长调慢词,下阕“哀乐从休问”以后诸句尤为警策。

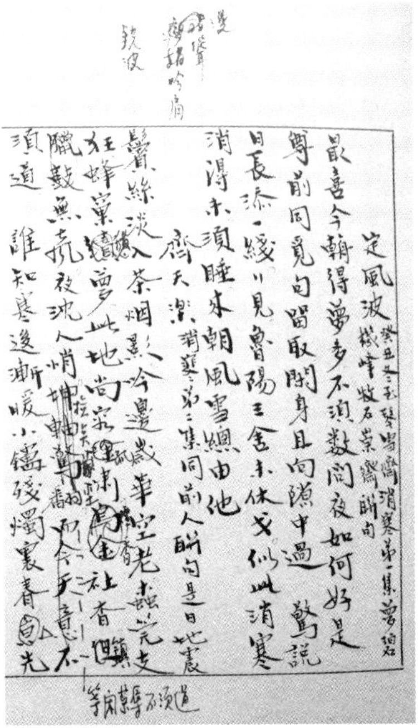

张牧石《沽上联吟集》手迹局部

1972年中秋，张伯驹与“三子”及杨绍箕联句得《人月圆》词：“晚风吹霁西来雨，万里镜奁开。清辉咫尺，何分两地，沽水金台。　素波涌处，恍然似见，渤海潮来。高歌水调，乘风破浪，直到蓬莱。”“怜人尚有今宵月，灯火不须张。吟鸥三两，剩尊残拍，且共徜徉。　升沉莫问，昆池灰冷，东海尘扬。梦边占取，十分圆夜，一半秋光。”“太清不受轻云蔽，飞镜九天高。举桮对影，词情似海，酒意如潮。　来无牵挂，去无滞碍，何用笙箫。月圆人寿，一年更好，还待元宵。”小词颇为精练，可见词人胸怀之坦荡。

1972年除夕大雪，“三子”在陈宅守岁联句，得《雪梅香》词：“饯残腊，凭将雪意画春踪。(机)认题香前地，依稀往梦犹同。(牧)衰鬓愁添絮花白，小楼闲话烛花红。(梦)漫料理，岁晚心期，分付琼钟。(机)　匆匆，十年事，过眼桑尘，节物都空。(牧)旧颦新笑，醉来只任朦胧。(梦)幽抱犹堪托笺素，峭寒差是隔帘栊。(机)今宵尽，漏转晴云，还待东风。(梦)”曲折有致，一唱三叹，读之直欲吟唱。

1973年上元夜，寇、陈联句得《凄凉犯》词：“夜窗寸蜡。消红字，春城绮梦空索。乍醒醉眼，孤怀付与，断宫零角。花愁酒恶。更休问天寒袖薄。送凄风，瑶台月淡，一片冷云漠。　　应弛金吾禁，宝马蕃街，纵情游乐。那(哪)知此夕，暗灯坊，万花齐落。已惯沧桑，等闲又无端念着。奈钗头，不见旧燕，了断约。”同年秋暮，又在陈宅联《凄凉犯》，那天恰巧有一位老诗人陈翁来会，他曾见过“三子”的联句词，不相信是当场联成的，因此寇、陈二人为他当场表演一番。这次联得很快，有意说怪话，联成一看，颇有李贺诗的味道，却博得陈翁的赞赏。词云：“怪禽格磔霜天冷，残魂画出昏月。夜风渐峭，髡枝曳影，淡磷明灭。幽宫路茀，更衰草，烟迷乱碣，锁千年，鱼膏焰弱，恨碧自沉血。　　休问生前事，照乘明珠，列门金戟。石鳞夜语，似依稀，戍笳呜咽。坤轴惊翻，等犹是，沧桑一瞥。下幽都，恐被卷入土伯舌。”

1973 年冬至，“三子”及王焕墉于陈宅作“消寒第一集”，联句得《定风波》词：“最喜今朝得梦多，不须数问夜如何。好是尊前同觅句，留取，闲身且向隙中过。　　惊说日长添一线，行见，鲁阳三舍未休戈。似此消寒消得未，须睡，来朝风雪总由他。”词中透露苦涩中旷达之意。其后有“消寒第二集”联句得《齐天乐》词，并注有“是日地震”(按：应为 12 月 31 日河间地震)，词云：“鬓丝淡入茶烟影，吟边岁华空老。蠹箧支狂，蜂窠续梦，此地尚容吟啸。乌金社杳。但腊鼓无声，夜沉人悄。坤轴惊翻，而今天意不须道。　　谁知寒后渐暖，小炉残烛里，春意先觉。花滞香疏，羽零宫断，随分且宜欢笑。前游未了。借秋碧秋笳，略摅吟褭。只为消寒，着些寒更好。”词中借地震本事，言“而今天意不须道”，借消寒集会，言“着些寒更好”，可谓别有怀抱。其后又于 1974 年除夜作“消寒第三集”，寇、陈二人于寇宅联句得《鹧鸪天》词云：“冷蜨疏花梦已安，侵人茔发又经年。小窗灯殉沉沉夜，残雪春生漠漠天。　　慵守岁，强随缘，闲情傥许到吟边。几家红语飘帘影，只对梅花理旧寒。”其后又作“消寒第四集”，寇、陈、蒋汉起联句得《清平乐》词云：“早春消息，醉里人先觉。眼底朦胧花似缬，任取灯前红萼。　　有聊还似无聊，禁他吟绪频挑。且选自家春梦，小屏风上虹桥。”1974年上元日，又作“消寒第六集”，“三子”联句得《三姝媚》词云：“遥天张雾幔。又帘筛镫痕，冷飓飘断。爆竹零星，逗六街歌舞，那时心眼。沉睡千家，谁共赏，素娥妆面。何意今宵，残客尊前，梦华同饯。　　春来春去经惯。便抽得闲身，闲情都倦。丝竞无声，怕泥人犹有，燕莺娇啭。误了芳游，禁几度，雨欺云幻。那(哪)更天风海上，鱼龙曼衍。”这六次“消寒集”，是词人以“消寒”为题有意开展的连续性集会，所作联句表达了词人们当时的心绪。

1975年除夕，“三子”联句得《满江红·用白石韵寄怀瞿禅老人即以为赠》词云：“词海奔流，吟不竭，三峡倒澜。销凝处，晓风杨柳，篴里关山。共命兰荃宁作佩，寄身鱼枕任为冠。喜骚坛一老主齐盟，星拱环。　　京华景，应耐看。四海一，北同南。笋何须开府，萧瑟江关。红映糁盆年事改，青回草梦酒杯瞒。问何时，吟啸许相从，泉石间。”因是题赠之作，故内容多与夏承焘有关。

有时，社友还以自度曲的方式联句。自度曲最早见于《汉书》，指通晓音律的词人，不依旧谱，自写歌词，又能自己谱写新的曲调。词自晚唐五代时即亦音乐文学，故亦有自度曲，但须是知音明律之人方能为之。“三子”曾在寇宅作《续春游·怀丛碧》自度曲词云：“故园春似锦，问今朝谁为主。念晋北淮南，有客梦犹阻。一番载恨东来，几度牵情西顾。甚依稀，照影华清,脉脉自延伫。　　迟暮。怅留也无家,去也任归去。几多眼底沧桑,一夜镫前儿女。绝代风华,漫赢得衣尘鬓缕。只关情,沽水残鸥,春游后,梦待重补。”表达了对张伯驹深切的怀念和词人自身身世的感慨。

其实张伯驹对津门文坛倍加青睐,常不辞劳顿来津会友,很大程度上即是因为能与他作联句、诗钟这样的雅集“游戏”之人多在津门。张伯驹每次来津必先函告日期时间,由张牧石到车站去接。某一冬天,约定之日从夜间即降大雪,上午去接站未到,以为他不能来了。寇梦碧与张牧石则于下午到陈宗枢家茗谈联句,当时陈家在二楼,两间大屋被压缩去一间,只好住在与阳台相通的六平方米小屋里。谁料约五时许,忽见张牧石夫人扶着手持拐杖的张伯驹,步履艰难地走上楼来,浑身是雪,精神却很好,饮茶休息片刻,立即参加联句。他说:“今天我有雅兴,多大雪也挡不住我。”就在这小屋里用饭后一直玩到深夜。联句、诗钟皆文人兴起之作,为什么会有这么大的魅力呢? 恐怕君子之乐不在那联句、诗钟本身,而在知音会心之所在。

梦碧词社联句,除“三子”等老一辈词人,晚辈后学也逐渐加入,上文提及的杨绍箕、王焕墉等即是。旧、新两代词人联句,已能浑然天成,可见在“三子”等词人的影响下,雏凤新音,已呈清响。如寇、张与曹长河、杨绍箕联句得《高阳台》词云:“绣陌寻春,清尊斗句,芳游漫话依稀。寂寞湖山,思量往事都迷。多情盼到黄昏近,近黄昏,又恋余晖。问明朝,花外花间,肯复栖迟。　　凭教梦里能相忆,奈今宵别后,有梦全非。强伴离觞,怜他月也如眉。鬓云钿雨飘零尽,甚疏狂,还似当时。待重来,廿四番风,已过酴醾。”又如张伯驹、“三子”、杨绍箕联句和孙正刚词韵得《高阳台》云："柔绿飘烟，嫩红着雨，此时我见犹怜。旧梦依稀，酒前烛外诗边。千年癸丑逢佳节，又流觞，修竹幽兰。岁华残，韦杜南城，三月长安。　坠楼珠翠人何在，剩粘天草色，金谷荒园。蜀道鹃啼，不堪回首山川。尽多倾国倾城事，算沧桑，一例全删。暂时欢，人对花愁，花比人妍。"又如"三子"与曹长河于陈宅联句得《踏莎行》词云："愁入灯疏，梦回篷悄。秋来消息杯能道。伤高莫更倚危阑，胜怀且付闲吟啸。　陇首飞云，花间晚照。几番作意呈新巧。泠泠心上本无弦，那（哪）更弹出悲秋调。""夜雨镫窗，春风桃李。举杯谁会当时意。停云无奈悔多情，行吟宁复关生计。　梦也无端，秋还多事。从今莫费登临泪。卷帘何处问斜阳，依稀淡碧留天水。"这些联句现在大部分已不知当时各句具体出自谁手，但也正因此更显得词作之浑成。在联句中，词远难于诗，长调更难，但梦碧社友却以此见长，以此为乐，可见其词作技艺之高超。

1985 年立春前二日，寇梦碧曾约梦碧词社余存的社友赵浣鞠、顾恺白、陈宗枢、张牧石和寇门弟子王焕墉、曹长河、王蛰堪摄影留念，并在王蛰堪家小聚，联成《高阳台》词一首。这次虽不是最后一次联句，但人员较齐，联句词也是那几年中较完整的一首："瓶蕊悭香，炉烟锁梦，酽寒犹滞雕栊。冷社题襟，凭谁诉与枯桐。兰荃落尽情犹在，任侵寻几度东风。镇销凝，碎羽丛商，暮翠朝红。　当年影事殷勤理，把千桑万海，都付残盅。刻烛催吟，宵深更认欢悰。斜街柳色浑非昔，恁重招，断雁离鸿。待明朝，转斗回寅，一展春容。"

梦碧社友联句诸作，除见于各家诗词作品集或相关文章，另有张牧石手录《沽上联吟集》，记录了"津门三子"等人 26 次

前排左起：顾恺白、赵浣鞠、寇梦碧、陈机峰、张牧石；

后排左起：王焕墉、曹长河、王蛰堪

联句所得诗词。这些联句诗词，与诗人们的诗词学观念非常一致，这一点也值得引起学者的注意。

除联句外，梦碧社友还同题共作，成一时唱和之盛，前文述及题姜毅然绣球花一事即为佳例，但并非个案，1942 年，北平举办全国京剧票友大赛，丁至云荣登榜首，1948 年在津重演《贵妃醉酒》，张牧石有诗题赠，并邀请梦碧词社内外词友唱和题咏，张伯驹、陈兼予、黄君坦、胡蘋秋、丁至云、萧劳、许姬传、寇梦碧、陈宗枢、徐定戡、陈琴趣、徐润周、赵哲余、姜毅然、曹长河等人相继唱和，可谓群芳竞秀。张牧石原诗云："分明鞠部梦初长，却道须臾海又桑。入破霓裳说天宝，惊心鼙鼓忆渔阳。舞裾惯倚娇酲态，歌箑轻摇玉酥香。别苑春荣凭斗艳，小轩缀玉自堂堂。"张伯驹和作云："缀玉轩中旧梦长，氍毹又是几沧桑。金茎盘满承甘露，羯鼓楼高挂夕阳（用东坡《骊山》诗句）。望去浑如杨柳舞，酣来犹带荔枝香。海棠命妇堪相比，向晓严妆步出堂。"寇梦碧和云："自是歌长恨倍长，十年浩劫海生桑。

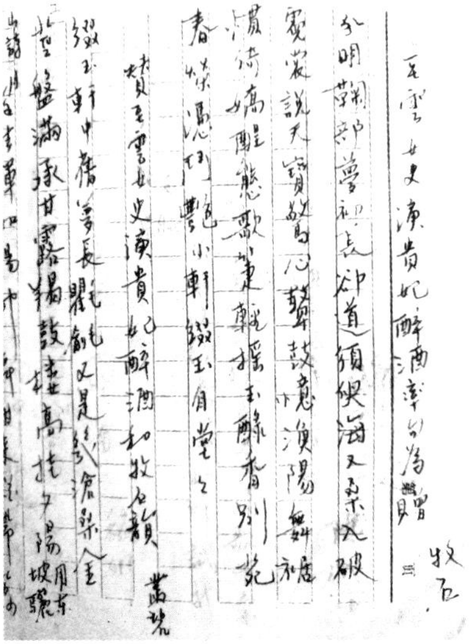

张牧石《丁至云重演贵妃醉酒唱和集》手迹局部

飞空粉帛哀珠媛(谓言孃之死),掩泪青娥说上阳。花底漫寻醒酒露,人间难得返生香。落梅声断君能续,况有词人顾曲堂。”陈宗枢和《浣溪沙》词云:“一角红阑即海桑,惊心鼙鼓换霓裳。清歌十索忆丁孃。　朱凤还窠留故影,娇棠和醉试新妆。余生禁得几回肠。”将丁至云的京剧艺术借诗词题咏升华发挥,令人神驰。

2)不作寻常大小鸣——“津门三子”与《七二钟声》

诗钟也是梦碧词社词人常用的雅集吟玩方式。

诗钟是清代嘉、道年间兴起于福州一种文人游戏,林则徐是此道最早的高手,其《雪鸿堂初集》中记有他的诗钟作品。诗钟的产生,和清代的“试帖诗”限韵并要求在韵脚嵌入该韵中的某个字有密切关系,如光绪己卯科山东乡试的“试帖诗”之试题为“赋得一雁初晴下朔风(得风字五言八韵)”,即要求限用“一东韵”并在八个韵字中必须嵌入“风”字。为学会作嵌字的“试帖诗”,从童蒙教育开始,不但要求学童学会作对联,还要求在对联中学会嵌字,即要求在两句五、七言律句中,分别在第几字嵌入两个字成为一副对联。这种训练童蒙学作对仗的方法,其中也有可能出现佳句,一些文人受到启发,采取这种办法作为吟咏"斗捷"之用,以后相习成风而为"诗钟"。诗钟的玩法是设一铜盘,上悬一线挂铜钱,横置一炷香火,俟其烧到线断,铜钱坠落铜盘上,发出响声如击钟,故名"诗钟"。数名文人集会做此游戏,先各自写一小条,中为一个字,然后数人所写的字条,团成纸团,随意抓上两个,打开看这两个字,再约定用此二字嵌在第几字成一副七言联,嵌第几字就叫"几唱",时间限在铜盘响声之时。张伯驹早年在北京和章士钊、夏枝巢、郑天挺、黄君坦、萧劳等人有"饭后诗钟集"专作分咏诗钟。20 世纪 50 年代末,张伯驹常来津住在张牧石家,晚间与寇梦碧、陈宗枢、孙正刚诸友打诗钟。在张家作诗钟就不准备铜钱、铜盘、香火,而以友人吸烟在纸烟横处用墨笔划一线吸到墨线为时间限度,未成者罚酒。每年海棠时节,晚间诗钟之会甚为欢畅。

寇梦碧在《琴雪斋韵语·序》中说陈宗枢浩劫期间"所遇最酷",并云:"当日怪云压地,惊泪浮天,予与君暨牧石时复觅句

寇梦碧(左二)、张牧石(左三)、陈机峰(左四)与王焕墉(左一)等在一起

河干。篝灯窗隙，斯时觉人人皆可为仇为敌，只有同道相濡相呴，则槐根藕孔之间，不啻兰亭觞咏矣。”灾难之下，“三子”相濡相呴，借觞咏慰藉恐惧与无聊。陈宗枢云：“十年浩劫间，因余罹厄，不晤年余，及高潮过后，同属逍遥派，相聚乃益勤。”（《琴雪斋韵语·跋》）在此期间，每逢立春、除夕、元宵、中秋、重阳等传统节日，“三子”必相聚唱和。而日常之时，三人每周至少亦聚会四五次，“夏天几乎每晚都在海河岸边相会，春秋冬季则分别在三人家中碰头。”每年海河岸边逭暑唱酬是词社最为重要的活动，“三子”外，张伯驹也偶尔参与。当时寇、陈、张相约每年夏晚于海河岸边小集纳凉，时作诗钟之戏，写出劫罅遣日，相濡相呴的友情。”陈宗枢后来说：“海河岸边避暑是我平生最快意最难忘的事。梦碧、牧石和我晚饭后在岸头树下席地而坐，谈词，作诗钟。远处传来的战车声，口号声喧阗不休，而我们充耳不闻。相濡相呴且觅今宵欢畅，休问明日祸福。”陈宗枢曾作《河传·再题大河小集图》词云：“鸥侣。弦语。此中弹。花外花间。恨传。晚蝉在树星在天。无言。逝波将梦还。
梦里蓬瀛三度浅。情不倦。听水听风远。恁匆匆。烟水空。断钟。渐添秋绪浓。”

逭暑唱酬以作诗钟为主，联句诗词次之。陈宗枢在《七二钟声》一文中说：“一九六六年八月，我被抄家批斗，住入‘牛棚’。六八年获释，下放为库工，工余常与词友寇梦碧、张牧石相聚。彼二人亦系经过‘革命锻炼’者。遭遇既同，濡沫益深。六九至七一年三年中，几乎无日不见，夏日共坐河边，冬日相会于牧石或我家。除联句外即以诗钟为戏。北京张伯驹先生亦喜此道，偶来津小住，亦选题补作。三年间积约两千余首。七二年经梦碧挑选九百余首，由我复写四份装订成册，因天津旧号

‘七十二沽’，又逢七二年，故定名‘七二钟声’，倩词人胡君素题签，名书家吴玉如题扉页，四人各存一本。”

梦碧社友所作诗钟虽然不外一时兴会所成，但很多都是别有寄托之作。如以“曹雪芹”和“煤球”分咏：“十年沥血《红楼梦》；一夕成灰黑太阳。”“黑太阳”名见《清异录》，是古代用灰末、米汁合制的圆形燃烧物，这是通过比喻说明日寇侵华必败。又如浩劫中对所谓有“政治问题”者办有学习班，凡经学习合格者可以恢复自由，术语为“下楼过关”，陈宗枢“下楼”当天即往赴大河集，当时正作“楼、怪”二唱嵌字格诗钟，陈脱口而出：“不怪只因常见怪；下楼还怕再登楼。”可谓神来之笔，既体现了知识分子在特殊时期的无奈惶恐，也表现了一种反讽自嘲的幽默豁达。

《七二钟声》吴玉如题签

《七二钟声》分三卷，并附张丛碧（伯驹）先生和作一卷，分别为嵌字格、分咏格、其他格式（连环格、居易格、诗谜格），以前二种为主。其中很多格式是“三子”在大河集过程中自创的。

嵌字格含有一唱至七唱，包括碎锦、魁斗、鼎足、蝉联、双钩、辘轳、卷帘、五杂俎、竹节等不同格式。

如“其、龙”一唱：“龙门死树犹怀乐，其雨终朝敢望虹。”“平、默”二唱：“飙平始觉千林瘦，虫默还留四壁秋。”“边、卢”三唱：“漫夸边腹存经笥，已识卢颜蕴祸心。”“遂、啼”四唱：“白头难遂刀环梦，锦翅空啼月夜霜。”“因、怪”五唱：“酒戒何妨因我破，诗禅本不怪君参。”“魂、象”六唱：“风雷鼓荡精魂出，江海澄清气象开。”“话、卿”七唱：“秋雨巴山休更话，春风池水且干卿。”

魁斗格，即嵌两字之格，两字分别嵌于上联首字、下联末字，如“莽、灰”魁斗格：“莽莽六州空聚铁，茫茫千劫几飞灰。”

蝉联格，即嵌两字之格，两字分别嵌于上联末字、下联首字，如“镜、一”蝉联格：“万象皆空心似镜，一言不发口如瓶。”

卷帘格，即嵌两字之格，“卷”字嵌于上联第五字、“帘”字嵌于下联第四字，呈“卷帘”状，如：“入眼春生帘底月，打头风卷梦中云。”

辘轳格，即嵌两字之格，两字中上一字在上联第三字，下一字在下联第四字，呈“辘轳”状，如“百、轩”辘轳格：“梅花百练雪中骨，山色一轩云外眉。”“朗如百屋徒称羡，杳矣高轩莫望过。”

下楼格，即嵌两字之格，要求两个字分别从一唱，一直到七唱，成为七副对联，呈“下楼”状，如“曲、行”下楼格：“行宫月夜伤心白，曲径寒花作意红。”“两行客泪愁中落，一曲仙歌梦里听。”“坊中曲客休垂手，路上行人已见心。”“踏摇成曲传阿叔，歌舞当行识老胡。”“秋水江湖行可念，梦云楼阁曲难通。”“客已焦头思曲突，川虽决口利行舟。”“随缘共引阳春曲，当路谁歌猛虎行。”

鼎峙格，即嵌三字之格，三字中一字处于上联第四字，则另外二字处于下联首、末二字或第三、五字，上下联相反亦然，呈“鼎立”状，如“陈三立”鼎峙格：“三边风紧黄沙立，万幕尸陈碧血腥。”“痴情立尽三更月，远思凄陈一纸书。”

鸿爪格，即嵌三字之格，一字在上联，则二字在下联，上联一字在下联两字位置中间，上下联相反亦然，呈“鸿爪”状，如“李彭老”鸿爪格：“皎皎李花明可积，彭彭鼍鼓老堪惊。”

碎锦格，即嵌四字之格，将四字分嵌于上下联任何位置，但不可二字相连，如“六州歌头”碎锦格：“万头翘望州官火，六乐齐鸣瓦缶歌。”

双钩格，又名香囊格，即嵌四字之格，四字分嵌于上下联第一、七字，如“人日立春”双钩格：“日下漫夸身可立，人间只有梦为春。”

五杂俎格，即嵌五字之格，要求与碎锦格相同，如“天远暮江迟”五杂俎格：“路远书迟春又暮，天长江阔梦还迷。”

竹节格，即嵌六字之格，将六字分别嵌入两句中，两字不许相连，呈“竹节”状，如“霓裳中序第一”竹节格：“连裳列第惟中垢，登序骖霓总一途。”

分咏部分有咏实物者，如“远山鸡”分咏：“双眉秀向文君借，一足多由惠子添。”“不倒翁、结婚”分咏：“比貌浑疑长乐老，同心好为后来人。”（“长乐老”指五代时冯道，连仕五朝。）“赑屃·马士英”分咏：“驮碑我本非王八，落款谁知是相公。”（上联谓俗语“王八驮石碑”实为赑屃，下联据某笔记载，南明权相马士英的画不好卖，画肆将其名改为冯玉英。）

又创新为专咏抽象词者，名为笼纱格，取名于杜牧诗句“烟笼寒水月笼沙”，题中两个事物俱为抽象名词、形容词、数量词等，要在无具体之形态，如“东、闷”分咏：“暗室收心门自掩，天街立木日方中。”“寒、南”分咏：“雄虺馋时真可畏，琼楼高处怕难胜。”“古、外”分咏：“学人天魔非正道，经传石壁异今文。”“绿、小”分咏：“星照可名当夕妾，珠沉应忆坠楼人。”“老、况”分咏：“天不憖遗休再问，境惟愈下复何言。”

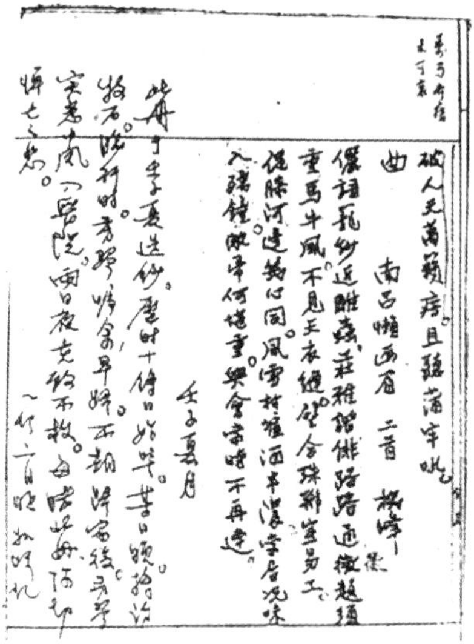

《七二钟声》陈宗枢抄本局部

此外还创有连环格、居易格、诗谜格。

连环格，即合分咏、嵌字两格为一体，如“朱淑贞、梅”分咏加“招·怨”六唱：“柳梢月上空招谤，篱角风来莫怨春。”“断尽柔肠犹怨别，蜕余香骨漫招魂。”

居易格，取顾况“长安米贵，居大不易”之语意，要求上下联各嵌入一位古人名，或字，或号，但只取其字面意，不代表其本人，语意须自然流畅，如：“语言无忌缘心正，否泰相如是道坚。”“胡帝胡天随子意，一风一月入余怀。”“满载一船山色去，只留万里水光浮。”

诗谜格，要求上下联均为谜面，各有谜底，如分咏剧名：“滴沥竹梢欺病耳（潇湘夜雨），嵯峨海上割愁肠（剑峰山）。”分咏词牌名：“明月二分魂有路（梦扬州），长堤千里柳无情（台城路）。又“江上钓鱼惟此老（渔父），厕中化彘是何人（戚氏）。”分咏人名：“棹如苍隼舒双翼（张舟），看似银河落九天（山涛）。”分咏书名：“已遣乌衣为寄信（燕子笺），更教红叶与通情（韩诗外传）。”“登蟾攀桂都成忆（花月痕），跨鹤缠腰岂是真（扬州梦）。”分咏古僧名：“眼中余子称谁氏（无可），天下苍生误此人（道衍）。”

因这些诗钟作于风雨如磐的特殊时期，故大多蕴含伤时记乱之情。

《七二钟声》成集之后，张牧石题绝句二首云："闲情闲思许相供，小有天边梦未慵。应雨鸣风时断续，三生同听一楼钟（义山句）。""旧馆蝉香终寂寞，别留余响起新声。常从沽水传悲激，不作寻常大小鸣。"寇梦碧题《卜算子》云："月落梦回时，花落看归候。数尽楼头百八声，一杵残钟又。　舌底不生莲，肘左惟生柳。万马齐喑未可哀，且听蒲牢吼。"陈宗枢题《南吕懒画眉》二首云："俪语笼纱近雕虫，庄雅谐俳路路通。征题须作马牛风。不见天衣缝，璧合珠联岂易工？""促膝河边几心同，风雪村炉酒半浓。索居况味入残钟。敝帚何须重，兴会当时不再逢。"此数首也正写出了当时"劫罅遣日，相濡相呴"的深情。

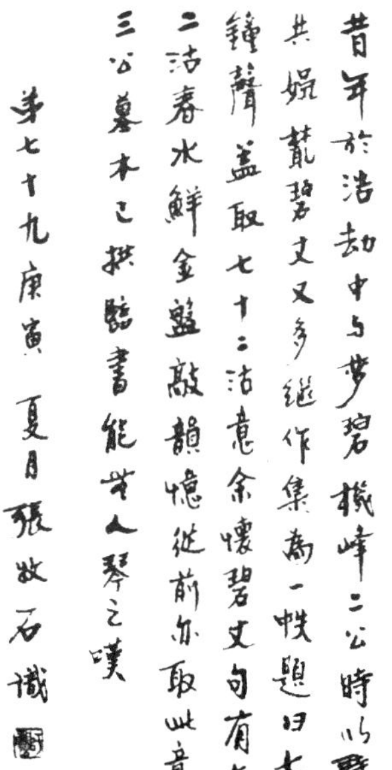
昔年於浩劫中與夢碧、枕峰二公時以詩鐘共娛，夢碧丈又多繼作，集為一帙，題曰七二鐘聲，蓋取七十二沽意。余懷碧丈句有七十二沽春水鮮，金盤敲韻憶從前，亦取此意。今三公墓木已拱，臨書能無人琴之嘆。
年七十九庚寅夏月張牧石識

张牧石《七二钟声》补序手迹

然在此劫难之中，亦尚有少数青年好学者，钻研诗词，向"三子"追随请益，有王焕墉、曹长河、王蛰堪、杨绍箕、蒋倬云等人，使残梦零碧，余风未泯，足以说明传统文化自有其不绝的生命力。

寇梦碧又拟编唱和诗词为《大河集》，惜未果，但"三子"都有题咏之作。梦碧有《临江仙》词云："九逝骚魂呼不应，通词聊托微波。十年闲业此消磨。酒鸣心上语，花护梦中歌。　闻道长流东入海，乘槎欲到银河。人间天上一嫏嬛。金乌三舍反，玉狗九关诃。”

浩劫期间，“三子”正值盛年，创作精力旺盛，在风雨如磐的岁月里，他们只能潜入“地下”，偷偷地创作诗词，来抛掷苦闷与压抑。诗词也成为他们遭受厄运时的精神支柱，让他们在艰难逆境中踽踽前行。而诗钟之作虽为文字游戏，但在“三子”手中，托志讽喻，履险如夷，充分表现出诗人的劫罅之感，颇具时代气息。

除了诗钟，梦碧社友还喜以商灯(即灯谜)为乐，前文已曾略述词社灯谜雅事。“三子”之中，寇梦碧最喜灯谜，也可称最善为之。某年上元，姜毅然在家门张灯设谜，其中一条谜面为一张草纸所制花脸，旁边绑一扎钞票，打一市井语。寇梦碧见之，将花脸掷于地上，拿起钞票就走，观者皆愕然，唯姜氏微笑不语，原来谜底是“要钱不要脸”，大有针砭时事之意。1976年除夕夜，寇、陈、姜毅然在姜宅共为诗钟及商灯之戏，陈有《踏莎行》词纪之：“雕玉双联，折枝别体，驱文遣字成佳对。热肠冷眼傲秋荣，孱魂断梦干春水。　寂寞吟悰，郎当岁事，怀情不尽应何寄。白头料理费商量，旧狂且入商灯戏。”

所谓“热肠冷眼傲秋荣，孱魂断梦干春水”，梦碧社友看似游戏的诗钟、猜谜，却多为有怀抱寄托、雅人深致之作，在天津文化史上也是为数不多的得意之笔。

3)人间幸自有余妍——“津门三子”的荣园咏怀

在寇梦碧的《夕秀词》中有一首《虞美人》：“老来不作闲居赋，且斗旗亭句。倡条冶叶漫相夸，绝爱锦窠千凤吐云霞。　看花雾里输年少，转是朦胧好。恐他风雨误芳时，乞取朱幡为我护琼枝。”纪诗集赏花之事，词前有序云：“园林铺秀，放落花劫后之魂。山水传音，拾焦桐爨余之骨。况夫春工妙手，再造乾坤。涸辙枯鱼，同霑雨露。安得不鼓腹而登春台，扬葩以颂盛世者乎。乃有缓带将军，韵拈竞病。搴芳公子，志托兰荃。唯是汉上题襟，徒怀往梦。城南分咏，许接清游。汐社盟鸥犹在，雅集传笺。李园花事将阑，晚红留客。绿章奏罢，定教蜡炬迎来。锦句裁成，莫遗玉环睡去。于戏，窗零乱梦，碧断遥山。延秋已杳，展春何处。小园屐影，尊前之剩侣无多。浩劫心痕，阑畔之靓妆宛在。宁止人天之感，实深陵谷之悲。览物缘情，何能遣此。幸际天回地转，人寿河清。恰逢词客之生朝，喜并海棠之吟集。三春修禊，重赓沽水之盟。九老联吟，待续香山之会。”颇有怀念故人，激发吟怀之情。其实，这篇序言作于 1986 年上巳后七日，乃是为上巳后五日津门荣园海棠吟集所作。此次吟会，有寇梦碧、陈宗枢、陈云君、张牧石、丁立群、顾传滉、赵浣鞠、王焕墉、王蛰堪、颜天墨、曹明贤、王玳玮、李邦佐等人先后题咏诗词，寇梦碧等人有联句云：“云淡春浓，风疏梦稳，小园宿雨初收。(王焕墉)胜日寻芳，闲来几许风流。(王蛰堪)海棠婪尾休惆怅，向花前且共夷犹。(寇梦碧)续鸥盟，刻烛分笺，肯负春游。(张牧石)　　前川漫步浑年少，尽红肥绿瘦，好豁吟眸。(颜霁)旧燕新鸿，尊前小作勾留。(李邦佐)梦边词侣依稀在，镇花间花外绸缪。(陈云君)喜今朝，更值佳辰，共贺千秋。(丁立群)”

除此之外，寇梦碧又有《和君坦丈李园海棠感旧元韵三首》诗：“绿幄阴阴日向西，李园重到梦俱迷。料知夜壑吟犹健，任把红香碾作泥。”“联吟花下步溪堂，未到秋来已断肠。只把

寇梦碧（前排右二）、陈宗枢（前排右三）、张牧石（前排左一）与陈云君（前排右一）、王蛰堪（后排左一）、刘维素合影

新妆当黥面，落梅休更忆含章。”“春游啼破恼残鹃，龙汉惊逢末劫年。漫道诸天张帝网，杯前有路放诗颠。”皆感旧寄托之作，坚贞旷达之怀亦甚显然。海棠花期极短，风雨摧折，易至凋零，而诗人能于题咏之间，赋予己意，且神融无际，殊堪击赏。

“三子”有不少荣园海棠诗咏，如陈宗枢《眼儿媚·李园海棠吟集》即为纪诗友集会赏花之作：“潮红淡粉斗芳园，浅照润轻烟。倾城无语，东风睡足，劫换华鬘。　　倦桃新柳交相映，半面出妆鬟。展春旧赏，游春佳兴，料埋吟边。”写诗侣词朋料理诗情、抒写佳兴之意。张牧石《海棠春·李园海棠吟会》：“名园乍对归飞燕。惯解得，流光轻换。联袂踏芳尘，莫负看花眼。绿肥红瘦还应见。漫说道，卷帘人远。风雨自年年，斜照空惊晚。”写风雨中不辜负看花之情、珍惜流光之感怀。

而正如前文所述，“三子”的荣园海棠诗缘与张伯驹紧密相关，1973 年，张伯驹来荣园赏海棠，倡议与“三子”各作绝句互和，得诗四组：

第一组：

旧迹犹存李氏园，赌诗小榭忆当年。如何借取东风力，医

得书生自圣颠。(牧石和)

金谷无存剩废园,藏娇谁复记当年。白头未觉风流尽,且待春来更放颠。(丛碧和)

风流犹忆展春园,春来春去年复年。漫道朱阑无客赏,尚留白发看花颠。(机峰和)

(按:据张牧石墨迹,以上一组寇梦碧首唱不存。)

第二组:

六十余年换物华,海棠忆折一枝斜。颠狂到老吾家事,即是童时已爱花。(丛碧)

那(哪)管诗人鬓已华,猩红鹦绿几枝斜。千桑万海都经惯,一澼心尘是此花。(梦碧和)

依稀春梦说京华,倚醉风前日又斜。可怜娇红还嫩白,品题争似玉堂花。(机峰和)

(按:以上一组张牧石和作不存。)

第三组:

绿章空说乞轻阴,几度花间费泪吟。漫道芳菲浑似醉,尚能驱梦入杯深。(牧石)

已少风怀惜寸阴,老来只作看花吟。欲藉芳茵随意醉,犹嫌酒浅负杯深。(丛碧和)

一日姓明几日阴,闭门风雨自沉吟。何须更筑香霏阁,盼到春来春已深。(梦碧和)

休从天际认轻阴,风雨无端几费吟。但得小园春若许,任他草木自深深。(机峰和)

第四组:

已惯闻歌唤奈何,微吟吟到夕阳酡。片时傥许容春睡,如此轻阴不厌多。(机峰)

嫩红浅粉问如何，不以衰颜借酒酡。眼底花繁犹不见，无香岂更恨偏多。（丛碧和）

憔悴年年奈若何，残杯空许映颜酡。花情寂寞应如此，人意何堪尔许多。（牧石和）

芳事明朝问若何，沉香亭北醉颜酡。他年倘或蒙绯赐，似此繁红不厌多。（梦碧和）

一次集会能得咏花佳作如此之多，荣园诗史上前所未有。

1978 年，张伯驹来荣园赏花，在张牧石家联句作《思佳客》一词云："劫后烟沽一老来，李园重见海棠开。红桑换世情无尽，白发看花兴转佳。　招胜侣，放吟怀。酒杯歌板谩安排。今宵且续春游梦，一任人间百事乖。"

也正因张伯驹与张牧石的深厚情谊，张牧石的荣园海棠诗作格外之多，甚至有脉络可寻——

海棠已开，张伯驹尚未赶来，则翘首期待之情洋溢于诗间：

年年未负此芳辰，今岁花开孰与亲。便拟贪春开病眼，徒令邀句待词人。逃心寂寂情焉托，观化匆匆幻亦真。毕竟李园空是色，欲从何处觅香尘。（《李园海棠盛开碧丈尚未来津》）

咏歌之不足，又代海棠口吻发出请柬：

漠漠轻寒鸟不喧，愔愔睡起镇无言。知君已负看花约，寂寞春光李氏园。

一春心事付春慵，犹忆年年秀色供。惆怅惜花人不见，教侬今日为谁容。

薄粉轻朱便复施，也应憔悴去年姿。无端识得相思字，写向君心恐不知。

梦痕半堕夕阳天，弱质羞教俗眼怜。寄语春阴深护惜，好

留余艳待明年。(《代海棠柬丛碧丈》)

张伯驹风雨无阻前来赏花,又写诗记幸:

节候迟迟讵可催。今朝盼到海棠回。不知尚有春多少,风雨声中一老来。(《大风雨中碧丈来津看海棠》)

实在不能赏花时,则借诗通感,感同身受:

不是愁中即病中,海棠时节又东风。名园名庙春如此,两地看花感慨同。(《碧丈近二十年每春必来津看海棠,今岁花期,书告赏花颐和园,故未来津,予近又患颈椎病,亦未去李园,日前过文庙,见数株海棠,流连片晌,率占二十八字寄碧丈》)

张伯驹、张牧石与家人在一起

通信之时,纵言时事,也愿以海棠为达意之媒介,寄托感怀:

未应小劫忆华鬘,装缀风光许暂还。攘攘园林春愈好,沉沉心绪梦犹悭。已知浅媚惟供恨,莫向轻阴苦驻颜。一例明朝芳事改,乱红飞处是人间。(《李园海棠兼答碧丈书告近闻》)

赏花之时,又因看花而思往事,常有溯怀之作:

旧地重来事事非,那时欢迹这时悲。小阑花影尽斜晖。赚梦诗痕寻渺邈,浮香水色认凄迷。可堪愁与病相宜。

水榭摊书想像间,重来已是感人天。春愁更底不相怜。卧地残阳颓似病,没空孤鸟淡于烟。这般情味晚风前。(《浣溪

沙·同碧丈游故李园，偶溯前尘感成二解》）

赏花之不足，还愿以丹青手段为海棠存照永葆其鲜：

笔底红芳艳过真，多情犹复迓词人。不知可有秋阴借，来护鹅谿九月春。（《题碧君画海棠赠碧丈》）

他人之画不足，张伯驹还手裁画笔，幸复张牧石知音同赏，有诗并雅：

不殊婀娜旧时妍，白发伤春又一年。相对莫言温室树，那堪更作海棠颠。

何处微风送暗香，小夌池水照红妆。锦鳞不待莲花戏，吹浪先来唼海棠。

旧谱新声咏梦华（碧丈有梦华图咏），衙前织造夕阳斜（碧丈咏楝花有"织造衙前夕照斜"句）。李园多少春游意，并入先生笔底花（丈绘李园海棠图）。（《李园海棠应碧丈课题》）

诗人之心意连绵，大概海棠有知，也会为之感动。抑或二人联句，抑或诸子联句，并申赏花雅趣，兼抒骚人深致：

东风裁剪芳春巧。绛烛冷，晓窗梦觉。万簇彩霞明，一片流光袅。　睡容未醒莺先报。恍说是，人间春早。泪眼对残枝，只惜开时少。（《海棠春·李园海棠》张伯驹、张牧石联句）

连日云阴酿小寒，海棠经雨未摧残。娉婷照影小池边。但得留将三月暮，不须开到十分妍。些些芳意有无间。

漠漠轻阴晓雾浓，冷灰心事对妍红。天孙枉识锦重重。早是无香怜病里，更堪有梦亦愁中。一般开落任东风。

莫待残时醉锦茵，零钿坠粉更愁人。吟边消得几回春。乍雨乍姓空作态，一花一蕊也销魂，风来吹梦不成云。

傍水微馨动小吟，园荒金谷已无寻。看花可是少年心。银烛便留当日梦，绿草难乞片时阴。韶光须共惜千金。（以上

《浣溪沙·李园海棠》张伯驹、寇梦碧、张牧石联句)

张伯驹去世后，张牧石以诗代挽，追思深切：

李氏园中春复春，花开花落自因循。待看茵席同前地，不见当年易箦人。(碧丈句：落茵满地成茵席，愿作长眠易箦人。自注：天津李氏园海棠成林，每岁皆与津词家联吟其下，风来落英满如铺锦茵，余愿长眠于此，亦海棠颠也。)(《过李氏园怀碧丈》)

——他们这些诗词本为零散之作，但串起来看，似乎前因后果，脉络井然，俨然一部荣园海棠诗话。此正因为海棠诗咏已经成为他们抒发诗怀、记录心史的重要载体，也正是因为他们的纯情投入，为荣园诗史增添了绚烂的华彩乐章。

张牧石有《天津诗词社吟会李氏园看海棠》诗四首，从内容上看，可以作为这一时间段，以张伯驹和"津门三子"为中心的荣园诗咏的总结："年年不负海棠天，携梦匆匆续旧缘。风物园林历千劫，人间幸自有余妍。""旧李园中新趣园(园中酒肆名趣园，社友会饮于此)，共将俊语斗春暄。看花不见当年客，唯向深丛酹一尊(碧丈已逝)。""心弦别谱梦边词，万感参差颇自疑。解道芳韶元是幻，徐徐花影满身移。""别梦花间已熟粱，按歌空说旧霓裳。凭谁记取伶官恨，粉墨芳华忆断肠。(秋海棠别名断肠花。)"海棠花开年复一年，但人世变化沧海桑田，今昔之感，聚散之怀，荣园海棠既是寄托，也是见证。

所幸的是，人间芳馨不绝，风骚世代承传，荣园海棠诗咏还有后来人，当年梦碧后社的诗人们承续前人的风雅传统，彰显了梦碧诗人群强大的诗心体魄。1989 年暮春，梦碧后社诸子李园看海棠，寇梦碧作《减兰》词云："劫余倦眼，血色花光浑莫辨。感逝怀芳，未到秋来已断肠。　有涯无限，病里春光何计

寇梦碧在梦碧后社

遣。花却多情，乱叠红云作锦屏。”1998年春，陈宗枢与曹长河、赵连珠、冯晓光、刘景宽等梦碧后社成员陪外地而来的熊盛元同赏李园海棠，复在酒肆小饮，陈作《鹧鸪天》词以为纪念：“今岁游园正及时，繁红密绿压枝垂。回廊眺望无多赏，曲径闲行有所思。　　同俊侣，饯新知，联吟话故酌清卮。老怀似昧春深浅，花笑莺啼若个宜。”梦碧后社的诗人们也在各自的诗吟生涯中不断唱响荣园海棠的花魂高歌。王焕墉曾有《和丛碧词丈沽上看海棠诗》四首：“妖艳谁怜向水涯，横陈锦幛夕阳斜。漫嗟金谷春无迹，自有名园李氏花。”“湘云飘渺敷春阳，几点胭脂驻靓妆。醉卧海桥题石柱，不听鹊语不闻香。”“梦里微吟尚未残，依稀花影上栏杆。冬郎漫拟江郎句，半卷珠帘侧卧看。”“鹦绿猩红作古香，些些芳气浣嚣尘。东风枉自匀颜色，着意看花更几人。”

“着意看花更几人”，如今，梦碧后社的很多诗人或已仙去，或届暮年，但海棠依旧，时光不老，荣园和它年年绽放的海棠，正记忆着历史上那些倾情咏唱的诗魂，并以妖娆多娇的美好前景召唤着津沽大地、华夏神州更多文人墨客的时代诗吟。

参考文献：

《菩萨蛮》《狂风歌》《征倭曲》，陈宗枢作，《铃铛》1934年第3期。

《清代的纪乱诗人——金和(附年谱)》，陈宗枢文，《铃铛》1935年第4期。

《题陈生宗枢所编〈金亚匏年谱〉》，吴杰民诗，《铃铛》1935年第4期。

《壮怀歌》，陈宗枢作，《铃铛》1935年第4期。

《张皞如先生诗》，陈宗枢文，《津中周刊》1935年总第132期。

《梦碧词社·文虎大会续志》，守梅文，《辰报》1947年10月8日刊。

《梦碧词社·征求社友，奉赠词刊》，《辰报》1947年12月20日刊。

《梦碧词社主办秋节文虎大会》，《天津真善美画报》1948年9月16日刊。

《奇思壮采郁风雷》，章用秀文，《天津日报》1984年4月15日刊。

《旧时代的天津大关》，杨绍周文，见中国人民政治协商会议天津市委员会文史资料研究委员会编《天津文史资料选辑(第30辑)》,天津人民出版社1985年1月版。

《〈牡丹亭·惊梦〉析句》,寇梦碧文,《天津教育学院院刊》1985年第3期。

《张牧石小传》,《学诗词》1986年第3期。

《记天津梦碧词社》,章用秀文,《天津文学史料(1)》1986年11月刊。

《文史馆成立诗词组赋贺》,天津市文史馆编《天津文史丛刊(第6期)》。

《天津诗词团体记略》,定轩文,《天津文学史料(2)》1987年5月刊。

《四十年代的天津梦碧词社》,谢草文,天津市文史研究馆编《天津文史丛刊(第7期)》,1987年8月版。

《读诗词随笔》,寇梦碧文,天津市文史研究馆编《天津文史丛刊(第8期)》,1988年6月版。

《中华诗词年鉴·首卷》,中华诗词年鉴编辑部编,中国民间文艺出版社1988年11月版。

《津门词人的一次汇萃》,赵浣鞠文,见天津市文史研究馆编《天津文史丛刊(第10期)》,1989年6月版。

谈诗管蒯,陈宗枢文,见天津市文史馆编《天津文史丛刊(第11期)》,1989年版。

《天津河北文史(第1辑)》,中国人民政治协商会议天津市河北区委员会文史工作委员会编,1988年11月版。

《中国当代书画家大辞典》,刘瑞轩、吴三无编著,黄河出版社1990年1月版。

《忆梦碧》,陈机峰文,见天津市文史研究馆编《天津文史丛刊》第 12 期,1990 年 6 月版。

《春蚕到死丝方尽》, 曹长河文, 见天津市文史研究馆编《天津文史丛刊》第 12 期,1990 年 6 月版。

《传灯琐记》,王蛰堪文,见天津市文史研究馆编《天津文史丛刊》第 12 期,1990 年 6 月版。

《回忆先师寇梦碧先生》,王焕墉文,见天津市文史研究馆编《天津文史丛刊》第 12 期,1990 年 6 月版。

《无愧人前两袖风》,石坚文,见吴云心著、杨大辛主编《吴云心文集》,天津古籍出版社 1990 年 10 月版。

《中国戏曲志·天津卷》,中国戏曲志编辑委员会编,文化艺术出版社 1990 年 12 月版。

《井台会子白兔记》,陈宗枢文,见张燕瑾、门岿主编《中国历代爱情文学系列赏析辞典》, 哈尔滨出版社 1991 年 12 月版。

《词学(第九辑)》,《词学》编辑委员会编辑,华东师范大学出版社 1992 年 7 月版。

《佛教与戏剧艺术》,陈宗枢著,天津人民出版社 1992 年 12 月版。

《茧梦庐诗词》,张牧石著,1992 年印本。

《四十年代的天津梦碧词社》,寇梦碧文,见天津市文史研究馆编《沽上艺文》,上海书店出版社 1993 年 7 月版。

《中国昆曲艺术》, 钮骠等著, 北京燕山出版社 1996 年 8 月版。

《张牧石诗词集》,张牧石著,1997 年印本。

《我和张伯驹的忘年情——谨以此文纪念张伯驹先生诞辰一百周年》,张牧石文,《中国书画报》1998 年 6 月 29 日刊。

《中华风韵·中国当代诗词家辞典》,汪天风、邓心慈编,华夏文化出版社 1999 年 4 月版。

《琴雪斋韵语》,陈宗枢著,2002 年印本。

《张牧石诗词集外》,张牧石著,2002 年印本。

《中国昆剧大辞典》, 吴新雷主编, 南京大学出版社 2002 年 5 月版。

《诗词曲答问》,涂宗涛著,天津人民出版社 2004 年版。

《南风(总 15 期)》,南风词社编,2004 年 7 月刊。

《名家信札趣谈》,章用秀编著,江西美术出版社 2006 年 7 月版。

《崇化学会诗词倡导者寇梦碧》,章用秀文,《今晚报》2006 年 12 月 24 日刊。

《机峰谈曲》,陈宗枢著,2007 年印本。

《二十世纪中华词选》序,陈宗枢文,见刘梦芙编著《二十世纪中华词选》,黄山书社 2008 年 12 月版。

《张伯驹先生行事回忆》,张牧石文,见中国人民政治协商会议项城市委员会编《项城文史资料(总第 18 辑)》2009 年 7 月版。

《篆刻经纬》,张牧石著,百花文艺出版社 2009 年 8 月版。

《南开影响一生》,南开大学新闻中心编,南开大学出版社 2009 年 10 月版。

《夕秀词》,寇梦碧著,黄山书社 2009 年 10 月版。

《石怡室吟掇》,张牧石著,2009 年印本。

《七二钟声》,寇梦碧、陈机峰、张牧石撰,见天津市建筑遗产保护志愿者团队编《天津记忆(第 69 期)》,2010 年 12 月印本。

《张牧石印谱》,张牧石著,百花文艺出版社 2011 年 1 月版,并书后赵祥立所作后记。

《五大道才子佳人》,冬月编著,天津人民出版社 2012 年 1 月版。

《张牧石篆书千字文》,张牧石著,2012 年 4 月印本,并书前章用秀所作序言。

《张牧石墨剩·序》,叶嘉莹文,见张牧石著《张牧石墨剩》,天津人民美术出版社 2012 年 6 月版。

《天津书法三百年》,章用秀著,天津人民美术出版社 2013 年 9 月版。

《大院里走出一代大家》, 章用秀文,《今晚报》2013 年 12 月 5 日刊。

《近代天津教育图志》,张绍祖主编,天津古籍出版社 2013 年 12 月版。

《邱园遗韵——弟子藏张牧石先生作品选》,赵祥立、毕恭编辑,2014 年 4 月自印本。

《诗情四季》,王焕墉著,天津古籍出版社 2014 年 8 月版。

《崇斋诗话》,王焕墉著,天津古籍出版社 2014 年 8 月版。

《沽上文谭》,章用秀著,天津古籍出版社 2015 年 1 月版。

《张牧石交游二题》,张金声文,见王振良主编《九河寻真·2013》,天津古籍出版社 2015 年 1 月版。

《龙榆生全集(9)》,龙榆生著,上海古籍出版社 2015 年 1 月版。

《张伯驹先生二三事》,陈宗枢文,见顾国华编《文坛杂忆·全编四》,上海书店 2015 年 5 月版。

《〈七二钟声〉》,陈宗枢文,见顾国华编《文坛杂忆·全编四》,上海书店 2015 年 5 月版。

《张皞如及张轮远》,陈宗枢文,见顾国华编《文坛杂忆·全编四》,上海书店 2015 年 5 月版。

《姚灵犀及其〈采菲录〉》,陈宗枢文,见顾国华编《文坛杂忆·全编四》,上海书店 2015 年 5 月版。

《天津词人寇梦碧》,陈宗枢文,见顾国华编《文坛杂忆·全编四》,上海书店 2015 年 5 月版。

《关于〈秋碧词传奇〉》,陈宗枢文,见顾国华编《文坛杂忆·全编四》,上海书店 2015 年 5 月版。

《记天津甲子曲社》,陈宗枢文,见顾国华编《文坛杂忆·全编四》,上海书店 2015 年 5 月版。

《天津名画家姜毅然》,陈宗枢文,见顾国华编《文坛杂忆·全编四》,上海书店 2015 年 5 月版。

《荣园——人民公园》,政协河西区委员会、中共河西区委宣传部、河西区市容和园林管理委员会、天津人民公园编,2015 年 6 月版。

《跟随张牧石学艺的日子·毕恭访谈》,宋昕、马士雯文,《今晚经济周报》2015 年 6 月 19 日刊。

《中国"昆曲学"研究课题系列·昆剧志(下)》,王永敬主编,上海文化出版社 2015 年 9 月版。

《石怡室吟掇》,张牧石著,2016 年印本。

《"千秋不竭心源水":论寇梦碧及津沽词群》,马大勇文,《现代中文学刊》2016 年第 6 期。

《民国天津文人结社考论》,杨传庆文,见《文学与文化》2017 年第 1 期。

《寇梦碧与梦碧词社》,然君文,《今晚报》2017 年 2 月 8

日刊。

《老城故里》,孟宪宁著,天津教育出版2017年3月版。

《张伯驹的海棠》,戴维文,见张逸良主编《知味·北京晚报“知味”年度文章精选》,台海出版社2017年3月版。

《“地下”唱酬——“文革”时期的梦碧词社》,杨传庆文,见《中国韵文学刊》2017年4月刊。

《民国书法鉴藏录·续编》,章用秀著,上海远东出版社2017年9月版。

《寇梦碧:蛾眉却恨无人妒》,见《演界》2017年10月17日刊。

《稊园诗群及其诗歌活动考论》,彭敏哲文,见《暨南学报》2017年第12期。

《贝锦摭忆》,曹长河著,2018年自印本。

《张伯驹传》,张恩岭著,河南人民出版社2018年2月版。

《寇梦碧及其词学》,魏新河文,《中华书画家》2018年第3期。

《寇梦碧抗战诗词》,章用秀文,《今晚报》2018年5月7日刊。

《张牧石诗词集》,张牧石著,北京联合出版公司2018年5月版。

《借几封信解开丛碧词人的“苹秋之迷”》,戴朝晖文,见《收藏·拍卖》2018年第11期。

《为学先做人 习艺先读书》,章用秀文,《中老年时报》2019年1月21日刊。

《兴会当时不再逢——忆陈机峰先生》,章用秀文,《今晚报》2019年1月28日刊。

《师友襟期》,周汝昌著,北京出版社 2019 年 4 月版。

《移情小令四种,退密楼怀人诗,退密楼七言律诗钞》,周退密著,自印本。

《海棠吟集》,见寇梦碧主编《学诗词(第二期)》。

《琴雪斋韵语》,陈宗枢手稿本。

《待尽堂诗》张牧石手稿本。

《梦边词》张牧石手稿本。

《梦边词续》张牧石手稿本。

《梦边诗词外编》张牧石手稿本。

《石怡室诗词稿》张牧石手稿本。

《石怡室吟掇》张牧石手稿本。

《沽上联吟集》张牧石手稿本。

《丁至云女史演贵妃醉酒题赠唱和集》张牧石手稿本。

《丛碧词定稿序》张牧石手迹。